夢は枯れ野を

——芭蕉とその門人たち

串部万里子
Kushibe Mariko

本の泉社

目次

カバー・扉挿画　白鷗画・渓斎賛「こよひ誰」句 芭蕉坐像図
（東京都江東区芭蕉記念館蔵）

夢は枯れ野を

――芭蕉とその門人たち

序章　この梅に牛も初音と鳴きつべし

一六四四（正保元）年、紀伊半島、現在の伊賀上野市赤坂町松尾家に男児が生まれた。幼名金作と名づけられ、兄姉妹らと共にその地で成長する。

戦国の時代は終わり徳川の治世となっているが、京に近く、天正時代、織田方に二度にわたって攻め込まれ、伊賀を焦土とした戦乱の記憶はまだ人々に生々しかったろう。乱後、大和郡山から移封した筒井定次は一六〇八年、家康により改易され、藤堂高虎が伊賀伊勢両藩の藩主となる。

伊賀上野天神社の祭礼には能の鬼面にも似た様々の表情の百数十人の幽鬼の行列が行われる。領主藤堂高虎の鬼面奉納から、元禄年間に次第に始まったと伝えられているが、飢餓草紙、地獄絵などの伝統にもつながるものであろう。灯火も乏しい江戸時代の祭礼に、老若男女を交えたこの百数十人の異形の幽鬼の葬列は身に迫る恐ろしいものであった。

これらにも伊賀の歴史がしのばれるのである。

戦乱の時は過ぎたとはいえ、たびたび都を襲った大地震、大風、洪水、日照り、疫病、大火事、飢饉と一七世紀前半、人々の生活は厳しいものがある。

隣組四人組の中に餓死者が出れば、他の者は死罪などのふれも出ている時代である。

だが幼児の金作にとっては穏やかな家族の日常の中に時は過ぎていったろう。

金作十三歳の時、父が亡くなり、兄、半左衛門が家を継ぐ。

この前後、幼名金作を宗房と改め、藤堂家の侍大将、藤堂新七郎家に召抱えられ、当主良精の息良忠（俳号蟬吟）に仕える事となった。

苗字を持っていたが、準士分の資格を失った農民という低い身分であり、二歳年長の良忠に仕えたのには、伊賀上野での宗房の年少の頃からの才が認められた結果でもあったろう。

戦国の時代は過ぎ、武士達も武術と共に文、学問によって世を治めていかなければならない。

良忠に仕えることによって、様々な学問と共に和歌連歌などを宗房も学ぶことができたのである。宗房の作として認められている最初の句は、

春やこし年や行きけん小晦日《つごもり》

十二月二十九日に立春があった寛文二（一六六二）年宗房十九歳の作である。

『古今和歌集』巻頭の在原元方の歌

年の内に春は来にけりひととせを去年とや言はむ今年とや言はむ

と同様の事象に異なる視点を提出している。当然、元方の歌を意識しての作であり、連歌を好んだ蟬吟のもとで、宗房も身を入れて和歌、連歌を学んでいる。

寛文四年『佐夜中山集』松江重頼編には次の二句が伊賀上野松尾宗房として入集している。蟬吟一、政好七、一笑六も同じ伊賀の入集者であり、俳諧の仲間であったことがわかる。

うば桜咲くや老後の思ひ出で

月ぞしるべこなたへ入らせ旅の宿

寛文五年、二十二歳の時には蟬吟主催の貞徳翁十三回忌追善五吟百韻俳諧に一座している。京に在って歌学者としても高名な季吟以外は皆蟬吟を囲む日ごろからの俳諧仲間であったろう。

野は雪に枯るれど枯れぬ紫苑哉　　蟬吟公

鷹の餌乞ひと音をばなき跡　季吟
…………
月の暮まで汲む桃の酒　宗房

だが翌寛文六年蟬吟は二十五歳で病没し、実弟良重が跡を継ぐことになった。宗房にとって伊賀での藤堂家への奉公の意味、将来への展望という一面が大きく損なわれてしまった。

が、その後に発行された俳諧選集にも伊賀上野松尾宗房として多くの句が入集している。

あち東風《こち》や面めんさばき柳髪
うかれける人や初瀬の山桜
杜若似たりや似たり水の影
花にあかぬ嘆きやこちの歌袋

やはり伊賀に住み、奉公は続けながら身につけた俳諧の面白さにますます熱中していったものかと思われる。寛文十二年二十九歳の時には三六名の伊賀俳人の三十番発句あわせを自選して自序、判詞を加える。

小六ついたる竹の杖、ふしぶし多き小歌にすがり、或ははやり言葉のひとくせあるを種として、言い捨てられし句どもを集め、右と左にわかちて、……短き筆のしんきばらしに……三十番の発句あわせを……わがまま気ままに書き散らしたれば、世に披露せんとにはあらず。……小歌にも予がこころざすところの誠を照らし見給うらん事を仰ぎて、当所天満御神の御やしろの手向けぐさとなしぬ。

紅梅のつぼみやあかいこんぶくろ　此男子
兄分に梅をたのむやちご桜　虵足

左の赤いこんぶくろは、大阪に丸の菅笠と歌う小歌なればなるべし右、梅を兄分にたのむちご桜は、尤もたのもしき気ざしにて侍れども、打ち任せては、梅の発句と聞こえず、ちご桜の発句と聞こえ侍るは、今こそあれ。われも昔は衆道ずきのひが耳にや。とかく左のこん袋は、趣向もよき分別袋と見えたれば、右の衆道のうはき沙汰はまず思いとまりて、左を以て勝ちと為す。

鎌できる音やちょいちょい花のえだ　露節

きてもみよ甚べが羽織花ごろも　　宗房

左、花の枝をちょいちょいとほめたる作意は、誠に俳諧の親親ともいはまほしきに、右の甚兵衛が羽織は、きて見て我おりゃと云う心なれど、一句の仕立てもわろく、染出すこと葉の色も、よろしからず見ゆるは、愚意の手づつとも申すべし。その上、左の鎌のはがねも、堅そうなれば、甚べがあたまもあぶなくて、まけに定め侍りき。

このように、全て自作と思われる滑稽などを主眼とする六十句を洒落のめした批評によって競わせたものである。

この発句合わせ『貝おほい』一巻を持ってこの年（一六七二年）二十九歳で江戸へ下った。友に残した別離の句

雲とへだつ友かや雁の生き別れ

良精没後六年を経ており、藤堂家での宗房の役割は小さなものであったと思われる。が封建の世移住の自由があるわけではない。

藩に認められ、その縁での江戸の住まいを神田近辺に得て、奉公中に身につけた知識、治

水に関する技術なども活かしつつ、俳諧宗匠として生きるべく、江戸での生活の足場を作っていったと考えられる。

延宝三（一六七五）年三十二歳の時には、大阪より東下中の西山宗因歓迎の俳諧百韻興行に一座している。連衆は九人であり、宗因、幽山、信章（素堂）も居り、宗房は桃青と名のった。門人も出来、坐興庵桃青と名のり、点者生活に入っていたのである。

いと涼しき大徳なりけり法の水　宗因

軒端を宗と因む蓮池　礎画

…………

石段よりも夕日こぼるる　桃青

翌四年には素堂と両吟で天満宮奉納二百韻を興行する。

この梅に牛も初音と鳴きつべし　桃青

ましてや蛙人間の作　素堂

…………

梅の花俳諧国に盛んなり　素堂

こちとうづれもこの時の春　　桃青

宗因によって広がった談林風といわれる言葉遊び、滑稽を主とする俳諧に傾倒していることがわかる。

この年はほぼ四年ぶりの帰郷の予定で杉風と送別の両吟歌仙を巻く。

時節さぞ伊賀の山越え華の雪　　杉風
身はここもとに霞む武蔵野　　桃青

帰郷に際しての杉風の祝いの句に穏やかな脇句をつけている。

江戸生活の足場をもほぼ確立した満足に支えられているような句である。

第一章　石枯れて水しぼめるや冬もなし

延宝八（一六八〇）年冬、三十七歳の松尾桃青は突然、江戸小石川から深川に住まいを移す。

ここのとせの春秋、市中に住み佗びて居を深川のほとりに移す、長安は古来名利の地、空手にして金なきものは行路難し、と言いけむ人のかしこく覚え侍るは、この身のとぼしき故にや

しばの戸にちゃをこの葉かくあらし哉

けし炭に薪わる音か　をののおく

深川冬夜の感

櫓の声 波をうって腸《はらわた》氷る夜やなみだ

江戸下向後の九年間は、残された談林風の飄逸味の勝った各句によって窺われるような事ばかりではなかった。

たしかに、俳諧に志を立て、二十代の終わりに、故郷伊賀より新興の文化の地江戸へ下ってきた松尾桃青は、優れた才能によって、江戸俳壇にも確かな地位を築くことができた。

一六七六年、三十四歳の時には、四年ぶりに伊賀に帰り、江戸へ戻る際には十六歳の甥（桃印、後三十三歳で芭蕉庵にて病没）を伴ってきている。

年少の桃青を藤堂家侍大将、藤堂良精の子良忠のもとへ出仕するいとぐちを作り、その才能の開花のための大きなきっかけを作ってくれたのは長姉であり、桃印はその姉の子であった。良忠のもとで優れた才能を認められ、料理人としての正規の仕事のほかに、俳句を好んだ良忠にしたがって、桃青は様々な勉学や遊芸の場にも付き従い、伝統的教養の基礎を身につける事ができた。

この事が後年彼を大きく育てるもととなった

天秤や京江戸かけて千代の春

江戸では俳諧者としての大きな自信と共に、新興都市、政治都市として発展途上にある大都市で、生活の資として水道工事と言う大きな仕事に携わる事ができた。

大小の河川が入り乱れて流れる大平野に作られた都市江戸では水運、水害への対処など、都市基盤整備は欠く事のできないものであり、水道事業はその要でもあった。

桃青の才能は、このような実際的方面でも大いに発揮され、小石川において多数の人足を動かす水道管の水さらえなどの大きな工事を任されるまでになった。

桃印を連れて戻るには、この事業に充分才能のある信頼の置ける手助けを育てたいという目標もあったのである。

江戸幕府開府以来太平の六十年、江戸は才能あるものにとって、十分成功の機会の望める町であった。

富士の風や扇にのせて江戸土産

四年ぶりの故郷を目指したこの道中句にも、活発な弾んだ心が窺え、前途洋々という桃青の心の内が見える。

江戸における生活の基礎も思いのほかに早くしっかりとしたものを確立する事ができ、自己の才能やその将来にいささかの懸念も持ってはいなかった。

故郷伊賀の半残亭での歌会で詠んだ挨拶句は

百里きたりほどは雲井の下涼み

やはり彼の見ていた広々とした未来が形象化されているようである。

伝統的文化の中心地である京都、奈良、大阪へは間近であり、分厚い文化の土壌が堆積しているとはいえ、故郷伊賀は山また山に囲まれた狭い土地でもあった。

ますます飛躍的発展の兆しを見せている江戸の自由闊達な気風は、この地には望むべくもない。

「広い世界で、いくらでもその才能を伸ばす事ができる。現に自分も……」と言うまでもなく、兄姉たちが自分を見る視線に、成功して帰郷した弟に対する信頼の思いは明らかであった。

それは彼の幼い頃から、父母や兄姉など家内のものが彼の才能や性格などに寄せる期待と信頼、支援のまなざしと同質のものであった。

兄半左衛門は、幼い桃青によく平家琵琶の語りを真似て聞かせてくれた。一家は皆その語りを好み、桃青もまたたくまにこれを暗記して、幼い口で歌いまわし、一層周囲を喜ばせたりしたのである。義経主従の東北への逃避行、平泉での悲壮な最期は幼い桃青の脳裏にも刻みこまれていた。

琵琶法師が村へやってくると、語りを聞かせる家の戸口に抱かれて聴いた事もあった。息子を手放す寂しさを見せはしたが、年齢は争われないとは言え、変わらぬ美しさとある落ち着きとを見せながら、長姉は桃青に喜んで桃印の未来を託したのであった。

少年もまたその父母に似た聡明快活そうな眸をあげて、早くも遠い江戸での生活に憧れと緊張感を抱いているようであった。

「ご心配はいりませんよ。江戸にはいくらでも機会があります。努力が報われる場所なのですよ。私だけでなく、今はせわをしてくれる女もいます。心柄もよくすぐ親しむことができますよ。安心して預けてください」と桃青も胸を張って言う事ができた。

俳諧の上でも、神童と謳われていた宝井基角は早く、桃青江戸下向のすぐ後に、十四歳で彼に師事していたし(その始めは酒の席でもあったが)、服部嵐雪、松倉嵐蘭なども既に入門していた。きらめくような彼等の才能はまた、桃青にも自身のそれを恃むに充分な思いを呼び覚ますのであった。

あらゆる面で、前途に自己自身の精進とそれによる成功の期待以外、当時の桃青には思い描かれてはいなかったと言えよう。

桃印を連れて戻った小石川の住まいでは、留守の間にやや少しおなかの膨らみの目立ってきた貞が、相変わらず機敏に立ち働き、桃印を迎える手はずも整えていてくれた。江戸湾からあがる魚や、武蔵野の野菜なども、若い桃印にはものめずらしく、十分食欲をそそられるようであった。

周囲に殆ど山の無い広い関東平野や海の景色など、道中のものめずらしかった事などを、ぽつりぽつりと恥ずかしげに話す桃印の言葉に、桃青は四年ほど前の自分の経験をまじえて、にぎやかに笑い、膝を打ったりもした。

桃印も朗らかで優しい気配りも十分に見せてくれる貞に自然な親しさを表し、初めての江戸暮らしに素直にたよりにするようすが見えた。

成りにけりなりにけり迄年の暮

ひとり身から二人になり、また桃印を連れてきた事で三人になり、新しい命の誕生に備えるという、そして人の増えるに連れますます仕事も充実し拡大して行く中で、あわただしく、活気に満ちた延宝四年はこのように暮れて行ったのであった。

が、ほぼこの四年後、前述したように桃青はこの充実した温かい暮らしを捨ててしまう。

深川の草庵の一人住まいを選び取ったのである。

残された四年間の発句の変遷にわずかに桃青の心境の変化を窺う事はできる。しかし外側からより深く、この変化を促す契機となったものを一切知る事ができない社会との関係で何か事件があったのかもしれないという推測もできる。

下向以来、あまりにも順調であった境遇に、何らかの躓きが起こるという事も否定し得ない。たとえばそれは、この深川隠棲を機にばったりと縁を切った実業の面、水道工事に関わる何らかの事件、この水道工事がある種の公共事業でもあった点からすれば、現在でも起こりうる不祥事のようなものを想定する事もできよう。

公的記録は残っていても、彼が水道工事に関わっていたという私的記録や、深川隠棲までの記録が、それ以降に比べ全く数少ない点、むしろこの期間に後年の彼の芸術生活の基盤、交遊などの基礎が築かれたと思われるのに比して、少なすぎる点は、そこに何らかの強いて隠された事件を想像させるに足るものがある。

死後、草庵に多くの文書が残されていたはずだという指摘もある。もちろん三百五十年後の今日まで、それらが都合よく残されていないという事もまた当然ではあろう。けれど強いて隠された部分があるのではと想像する事もできるのである。

身分社会である江戸時代、個人は皆それぞれに社会的身分を固定され、それに伴う責任を負わされている。一家の主は家業に励み、家族を養う責任があった。それらの責務を逃れ、宗匠としての立場も捨ててしまうなら、結果として隠棲生活を選ぶしかなかったのではないか。

桃青は何らかの不祥事の責任を取って、全ての事業から手を引き、幼児の次郎兵衛、その後に産まれたおまさ、おふうと貞の身の上をも、貞の父なる人へ預けてしまったのではないか。

貞の父は小石川あたりに住んでいた江戸町人であろうと考えることができよう。

桃印もこれらの伝を頼って、一本立ちする道を求めたのであろう。

俳諧の道には一切関わらず、この四年ほどの桃青のもとでの仕事の経験をいかし、二十歳になった桃印は十分独り立ちできる実力を身につけていたのである。

何らかの事件を契機として、桃青は彼等に対する直接的な庇護の道を捨ててしまったのであると思う。けれど間接には様々の手立てを講じていたのである。杉風はそれらの事情をよく知った上で手を尽くしてくれる後援者であった。貞の縁者でもあったかもしれない。

この年はまた四代将軍家綱が死し、五代綱吉が後を継いだ年でもある。

太平の江戸時代ではあったが、諸国における風水害、飢饉はたびたび起こっている。一方、幕府は米麦の買いだめ、占売を禁止しているように、巨万の富を築くものもあった。

このような世界で、太平の世の豊かさを身に享けながらも、その陰に飢える人々の存在をも桃青は見つめずにいられなかったろう。残された句にはようやく荘子的世界に親しみ始めた桃青の思いがほのめいている。

蜘《くも》何と音をなにと鳴く秋の風

よるべをいつ一葉に虫の旅ねして

特別な不祥事のような事件がなくとも、一般に人生の幸福の象徴とされる家族や社会的立場、仕事を捨てて、隠棲するというような事があるのであろうか。当然「ある」と答えるほかない。

西行は出家に際して、「幼い娘を縁から蹴り落とし」と伝えられているほどである。桃青が深く西行に心酔している事は言うまでもない。

古今東西、安定した家庭、社会生活を自ら捨てて、芸術の世界に生きる事を選んだ人々は数知れない。単に桃青もその一人に名を連ねたのみともいえよう。

安定した豊かな社会、そこに営まれる家庭、そこで人々が彼に寄せる愛情、そういう日常そのものがまったくの束縛としか感じられないという多くの先達の選んだ道に、彼もまたふみこんでしまったといいうるであろう。

みずからの生理と肉体の条件が選ばせた道であるといえるかもしれない。

彼らは多分、異性と共に作る家庭というもの、次の世代、次の世代と血縁によってのみ繋がっていくその約束事に参画する事に喜びを得られない人々なのであろう。

彼らは、みずからの仕事を通してのみ歴史に参加したいと望んでいる人々と呼べるのかもしれない。

石枯れて水しぼめるや冬もなし

桃青に大きな転機となった延宝八年はこのようにして暮れていった。

第二章　あさがおに我はめし食うおとこかな

（1）

一六八〇（延宝八）年、この年一方では『桃青門弟独吟二十歌仙』が其角選で刊行されている。

月花ヲ医ス閑素幽栖の野巫の子有　基角
春草のあたり大きな家の隣

と始まる二十句の歌仙である。「野巫」とはやぶ医者のことであり、其角の父東順は医家であったので、医者の子でありながら人間を医せず、月花を医して（賞美して）暮らしている自分であると名乗っているのであり、桃青の門弟として「俳諧に生きる」という彼の自己宣言でもあった。

続いて歌仙が展開されていくが、その内容は未だ以下のように駄洒落や軽口のようなものが多いといえる。

……まだ月にめでる心も有よなあ
霧もろく新西行や西行や
今度定家の江戸へ下られ
勅撰にねりまかさいのけしき迄……

などと続いて行き、談林的滑稽味から抜けきっているとは言えない。

又、其角の五十句を、ねりまの農夫、かさいの野人と名付けて二十五句ずつに分け、勝負を競って桃青が判定を書き加えた「田舎の句合わせ」もこの頃発行されている。これらにも当時はやりの談林俳諧の卑俗性は薄れているとはいえ、遊戯気分は否定できないといえる。

桃青、其角をはじめ周囲に集まっている人々もその教養、才能、エネルギーをどのような方法、方向を持って俳諧革新に向けていくか模索の段階であった。

これは江戸における彼等のみでなく、俳諧発祥の地である京都、大阪においても同様であった。

太平の時代人々の文化的要求はますます高まり、「お店で働く小者、下女まで俳諧に熱中し」というふうにそのすそ野が広がるとともに、点取り俳諧の興行というような金銭目的でもますます隆盛を極め、卑俗になっていくことも避けられなかったのである。

点取り俳諧とは、和歌の下の句のような七、七、の句を先に「題」として決めておき、それに五、七、五の上の句をつけて、出来栄えを競い高得点のものには賞品や賞金を出すというものであった。

大阪では井原西鶴を頂点として、「矢数俳諧」という一昼夜に何千句という俳諧を詠みつづけるというような興行も行なわれた。

桃青はこれらに対し「西鶴の浅ましく下れる姿」と矢数俳諧を酷評している。

和歌連歌の伝統につながる詩としての俳諧の復権、自立性を目指した桃青としては、西鶴は当然打倒すべき目標であった。

このような時、京都において『七百五十韻』が出版され、中心人物であった信徳らがそれを桃青のもとへ送り付けてきた。彼らは延宝五、六年ごろ既に江戸で桃青らと歌仙を巻いており、それ以来の交流があったのである。

江戸さくら滋賀の都はあれにけり　　信徳

信徳のこの句は江戸における桃青らの盛んな働きを激励し、都の自分達はまだそこまで至っていませんと謙遜しながら、俳諧革新にともに前進しましょうという共感を述べたといえよう。

これに対し、天和元年其角、才丸、揚水、桃青が二百五十韻をつぎ、正式の千句としようとして発表したのが『俳諧次韻』である。

鷺の足雉脛長く継添て　　桃青
　この句、以荘子可見　　其角
仙骨の力たはゝになるまでに　　才丸
しばらく風の松におかしき　　揚水

…………

桃青の発句は「荘子」の一文を踏まえたもので、私は雉の足のように短足（短才）ですが、鷺の長い足『七百五十韻』に継いで千句にしましょうといっている。其角は漢文仕立てで、この句は「荘子」を参考に理解して下さいといっている。

このように『次韻』は、漢詩文や古典の知識によったりしながら日常的卑俗性からの脱却に努めている。

だが広く迎えられたこの世界も、まだ桃青には満足できるものとは言えなかった。

(2)

春立つや新年古き米五升

茶碗十個、菜刀一本、瓢一つと簡素なわび住まいであったが、桃青は心新たに新年を迎えた。一人暮らしの桃青のもとに十個の茶碗は門弟等が持ちよったものであったが、ややもすればそれも足りなくなるほどに訪れる人がたえなかった。

珍しく訪問客もない静かな朝、桃青は思い立ってまだ春浅い近くの田園を歩いた。沼地に近い小さな流れの藻の下に、素早く走る魚の影を認めた。

ふと屈んで手を伸ばそうとした時、幼い日ふるさとの伊賀の田にはいって、鮒やかにを追った日のことが鮮やかに思い出された。

藻にすだく白魚やとらば消えぬべき

遠い日の思い出が消えていった時、桃青はひとりでにいつも離さずもっている句のおぼえを取り出して一句を書き付けた。

この句が佳句であるかどうか、悪くはない、今までと違う新しみがあるのではないかと彼は思った。枯れ草の中に青い芽立ちが見え始めた野面を戻りながら、幾度も句を繰り返し、推敲しようと努めたが、改めるべきところはない様に思われた。

選集『次韻』に継いでより本格的な一門の選集を発行したいという声が上がっていたが、桃青にはまだこれと示しうる俳諧を打ち出せていないという思いがあった。

「珍しいものを手に入れたので、是非こちらに植えたいと持ってきました」

李下が一尺ほどになる芭蕉の苗木を抱えてやってきたのは春の末であった。

「成長の早いものですし、この木を目印にすれば、訪ねてくるものにもすぐわかります」

李下はそういいながら、もう植える場所は考えてありますと、北西の片隅を深く掘った。掘り起こした穴に丁寧に苗木を植え、手桶で汲んだ水を何回もやった。

江戸には余り見ないこの木を、李下は浅草の植木の市で手に入れたということだった。

背戸に少し植えてある野菜、草花などの中に植えられた芭蕉はその変わった姿で、この庵に独特の風情を加えていくと思われた。

芭蕉植えてまずにくむ荻の二葉かな

桃青は朝夕生えてくる雑草の芽を、こまめに摘んだ。

訪ねてくる人々はさっそくこの小さな珍しいたたずまいの芭蕉に目を留め、桃青が留守の時には、芭蕉の葉に言付けの文を残したりした。

「では又芭蕉庵で……」などと彼らは言い交わすようになり、桃青もそれまでの泊船堂にかえて芭蕉庵、芭蕉と名告るようになった。この文中でも以後芭蕉と改めようと思う。

妻子とも離れ、俳諧革新の志に思いを込めつつ芭蕉庵で独り過ごす夜、人生五十年が常識の時代、そろそろ芭蕉は四十歳になろうとしている。

残された時間は長くあるとは思われない。

十七歳も年少の其角など、熱心な若い門弟が頻繁に訪れ、ともに歌会を催し、彼らの句に批評を述べ、彼等同士の議論に耳を傾けたりしながらも時に焦慮に似た思いに駆られるのであった。

その年の梅雨時は、灰色の雲が低く垂れ込め、雨模様の日が殊に多かった。

隅田川の水嵩も増し、黒っぽい水がとうとうと流れ下る様を眺めながら、刊行予定の選集掲載句について、其角が早口にしゃべっていた様子を思い返しつつ、宵闇に草庵への道を辿る時、彼の心にも満々と持して下る河波のように、勢いを増しながら拡がってくる思いがあった。

彼はその思いの満ち溢れるさまを鋭く意識したが、まだじっと、その行く末の方角を闇の中に凝視し、しかし必ずその先に豁然と大海が開けてくるという緊張した心の弾みと落ち着きとを感じていた。

そんな日々に、市井を離れたとはいえ、明けはなれる前からの鳥の声、物音、人声などの常の暁の物音に目覚め、床を出て草庵の窓を覗くと、目前の低い垣に紫紺の朝顔が一輪開き、朝露に光っていた。

わずかばかりの米を炊ぎ、うりの漬物などで芭蕉が独り朝餉を食している時目をやると、その一輪の下の葉陰にもう一輪の花が覗かれた。

彼は降り立って、花を傷つけないようにしながら、つるを少し動かした。既にいくつかのつぼみが膨らんでいるのが見えた。次々と咲き競うのが心待ちにされる。

あさがおに我はめし食うおとこかな

芭蕉は傍らの矢立てをとって、さらさらっと一句書き付けた。

草の戸に我は蓼くうほたる哉　　其角

基角、蓼蛍の句に和す。

選集掲載句について門人達と話し合っている時、前書きとともに筆跡も鮮やかなこの句を芭蕉が示すと、同席した嵐雪は顔を俯けて含み笑いをもらしたし、其角は大きな体をゆするようにして「ははっ」と太い声を挙げた。

芭蕉は普段は細く見えるが、ものや人を見つめる時、急に大きく耀《かがや》くいつもの独特の眼でその其角をみつめ、「たまに早起きして、あさがおを見においで、盛りは過ぎたがまだ咲いている」と笑いを含んだ静かな声であった。

近頃、其角がある花魁に入れあげて、盛んに吉原に出入りしていることを、芭蕉はよく知っていた。十五歳から酒を飲んでいたという其角は今二十三歳、あふれる才気と活力が一言話すごとに、全身からキラキラ立ち上るようであった。そして、紀伊國屋文左衛門など豪商の宴席に、絵師一蝶などと加わったりしながら、蛍の如く、夜の闇に提灯の灯をともす生活を続けていたのである。

どのような句を佳しとするか、門弟等の間でも議論は尽きず、ただ現状を打破しなければならない、新しい俳諧が生まれねばならないという張り詰めた思いを共有して、熱い話の内に、草庵の夜は更けていった。

『桃青門弟独吟二十歌仙』『七百五十韻』に継ぐ『次韻』は広く共感を持って迎えられ、江戸における桃青門弟の実力は新しい俳諧革新の集団として期待されはじめていたのである。

「『次韻』に続き、われわれの志すところを世に問おうではありませんか。そのためにも一門挙げての選集を発行しましょう。細々とした仕事は私らにやらせて下さい。やりとげて見せますよ。われわれの俳諧はけして京、大阪の連衆に劣るものではありませんよ」

其角は先立って熱心にとき、嵐雪はもちろん同心だとうなずいていた。

「私たちとしても、この二、三年大いに前進しています。けれどもまだまだ新しみを求めていかねばなりません。そのためにもこれまでの句を振り返ることが必要です。『七百五十韻』を寄せてくれた京の信徳らにも当然呼び掛けることにしましょう」

「なかなか大掛かりなものになるが……」

と芭蕉は杯を傾けながら、言葉は慎重であったが、時々彼らをじっと見詰める目は強い輝きを帯びている。

「やり遂げてみせましょう。われわれの思いを自由に詠いながら、俳諧を古人の風雅の高みにまで高めなければならない。人々の期待にこたえなければなりません」

「私たちの使命ですよ。門前の芭蕉が大きく育つように、今度の選集が広く迎えられ、一門がますます大きくなるのが目に見えるようです。」

いつも物静かな李下が、その成功が疑いもないと如何にも嬉しそうに微笑んでいた。

「先ほど私がここへ訪ねてくる時、隅田川に浮かぶ大小の小舟が、実に美しく夕日に耀いていました。きっとよいことがあるに違いないと思いましたが、この選集に乗り出していくわれわれの前途を祝ってくれていたのでしょうよ」揚水が言った。

波道黒し夕日や埋む水小舟

「そのとき浮かんだ句ですが……」と彼は披露した。

「夕日に耀いては、西極楽へ行くようじゃ」

聞き終わった嵐雪が穏やかに言い、一座は皆声を挙げた。

これまでの蕉門の人々、またその周囲の人々の発句や歌仙を選ぶとすれば、百人に余る人々を取り上げることになり、発句をどの程度、歌仙をどれに、又その配列など打ち合わせるべき事は多々あった。書状を交わしての打ち合わせ、直接に会してのそれなど、またそのような席で興に乗れば歌仙を巻いたりなど、芭蕉門弟にとって忙しく緊張した日々が過ぎていった。選集ということには評価ということが抜きに出来ず、彼らは顔を突き合わす毎に、芭蕉に意見を求めたり、彼ら同士議論を重ね、せわしく文書をやり取りしたりしていた。

俳諧の広がりは彼らの交遊の広がりであり、僧侶、医師、江戸の旗本、地方から江戸づめとなった大名の家臣、絵師、能役者、江戸の町人、職人、地方から商用で江戸に来ている地方の商人等など身分的にも空間的にも幅広い人達であった。

全体の構成を立て、そういう彼らのいろいろな句を拾い、評価し、彼らとやり取りをし、ということは自ら歩いて対面するか、文書で行なうか、いずれにしても人手と労力を要する仕事であった。

芭蕉はこれらのひとつひとつの作業に丁寧に関わり、意に添わないものには、種々の改訂を行なった。其角等はその傍らで、それぞれ意見を述べたり、清書をするなどの働きをしていた。

妻子をも去り、宗匠として生きる道をも棄てて、純粋に俳諧創作のみに進もうとしている芭蕉に比し、其角は宗匠として俳諧師として生きる道に立とうとしていた。『桃青門弟独吟二十歌仙』につづく『武蔵曲』出版の成功も彼の気持ちを固めていた。医師として父東順の後を継ぐ気持ちは既になく、父も自ら医家を棄てて、隠棲の道を選ぼうとしている。

選集発行は芭蕉門、俳諧革新の一歩を築くとともに、其角は俳諧師としての自分自身をも世に問おうとしていた。九歳から特別に学問に励み、十四、五歳から年長の人々と対等に立ち交じり、あるいは兄事されながら来た十年にもなろうとする彼の俳諧、交遊、働きの全体が初めて試される場でもあった。

全体を上下二巻に分け、上巻に春から夏の句とそれらを立て句とする歌仙を置き、下巻に秋から冬の句とそれらを立て句とする歌仙を置く。

作者は百名を越え、全体の句数は発句で四百三十、歌仙八などの大部なものとなった。

江戸、京都各地方の人々、武士、町人、絵師、僧侶、医師、能役者など様々な広がりを持っている。本文、あとがきなどは其角の筆、芭蕉の跋文は芭蕉の筆である。

「先ず年初の句よりはじめるが、私はこのように句を選んでおりますが……」

晴れた秋空に白雲も美しい日、其角は膝をおろすなり、芭蕉を囲む数人の前に風呂敷きに包んで重ねた句稿を取り出した。

「句ひねたり今年二十五の翁……これは其角さんのことではないな。あなたはまだ二十三であろうか」と嵐蘭が微笑む。

「嵐雪であろうか……。翁とはさぞ怒るであろう」と一晶がいう。

「おっつけ来るであろう」と其角は笑った。

彼は身をゆするように乗り出すと、又いくつかの書状をとりだし、

「京の連衆からも句稿が送られてきておりますよ。皆この発行を待ち望んでくれています」

と太い声で言った。

「今日はこの選集に向けて歌仙を巻くということですが、嵐雪さんが見えたら早速始めることにして、それまでその書状を見せていただきましょうか」

一晶が其角から受け取った書状を丁寧に開いて、同座の人々にも分かるように声に出して読みはじめた。

芭蕉は人々の輪を少し引いた柱の傍らで、半ば目を閉じ、その声を聞いていた。

今日の歌仙の発句に、彼は先夜から思いを込めていたが、若い彼らの意気込み己の才能、知識、情熱に賭けて、これから広く世に乗り出していこうとする彼らと、一度得た妻子を離れ、経済的基盤をも自ら棄てて、その捨身の力によって、新たな俳諧世界を開こうとする自分とのある隔たりを感ぜずにいられなかった。

がその隔たりは一方で、彼らをこそ自分が導いていかねばならないという使命感でもあった。俳諧に関して様々の疑問に突き当たるたびに、夏の暑さにも汗を拭き拭き駆けつけては、夜ふけまで議論を尽くし、文を寄せ、煮炊きしたものを持ちより、身辺に様々と気を配り、彼の一言一言に目を耀かせて聞き入り、鋭く真っ直ぐにそれに応えてくる。彼らのそのような信頼にこそ、芭蕉はみずからの俳諧によって応えねばならなかった。自ら目指す高みにまで、前進していかねばならない。

あらゆる階層、年齢、地域を越えて、俳諧が広く迎えられはじめた時代の流れの中で、優れた才能が蕉門という門の内に集まりはじめ、其の中で互いの才能をますます磨き高めるという、文芸革新の渦のような作用が働きはじめていた。


憂イテハ方ニ酒ノ聖ヲ知リ、貧シテハ始テ銭ノ神ヲ覚ル

花に浮世我が酒白くめし黒し

と前書きした芭蕉のこの一句からこの日の歌仙は始まった。

眠ヲ尽ス陽炎の痩せ　一晶
鶴啼て青鷺夏を隣るらん　嵐雪
童子礫《つぶて》を手折る唐梅　其角

と続いていく。この後も彼らの漢詩文などの知識に裏付けられた知的な句が続いていき、この選集の大きな特色が現れている歌仙となった。

天和二年の秋から冬にかけて、日が陰り冷え込んで暗さが増してくる草庵の中でも、彼らは行灯の影で、熱心に時を忘れて集まった句稿の選考や推敲に額を寄せ合っていた。世俗を離れねばならないが、又俳諧は彼らの日常とかけ離れたものであってはならず、新しくみずからの文化的欲求を持ちはじめた多くの人々に理解されるものでもなければならなかった。

杜甫の詩を掲げて其角と芭蕉がまいた歌仙が選集の最後に置かれることが決まって、蕉門の本格的な最初の選集『みなし栗』の刊行準備もほぼ終わった。

芭蕉庵の片隅には、きちんと整理されたそれらの句稿、文書などが積み重ねられた。編集者其角の手元にも当然全ての本文が控えてあり、多くの句稿、草稿も其のもとにあった。

年内に予定した仕事はほぼ終り、後は京都方面の俳人との文書の返事を待ったり、細かい推敲などを年明けて行ない、天和三年には発行の予定であった。

木枯しの吹き続く寒さの中、震えながら行き来することも若い其角らは一切苦にしない様であり、三日にあげず草庵に通ってきては様々な仕事を続けてきたのであった。芭蕉も最初から最後まで、彼らとお互いに納得するまで話し込み、連れだって出かけ、歌仙を巻くなど負けずに精力的に作業に打ち込んだ。

前日の昼間から話し込み、夜更けて帰宅した其角が、夜中かかって書き上げた定稿などを、早朝又持ち込んできた時なども、やはり劣らず、夜中掛かって細々と思案したことを其角に示し、お互いの評価を確認しあったりした。

そのように実り多い天和二年もまもなく暮れようとする十二月二十八日、朝から激しい風の吹き荒れる日であったが、昼少し前、本郷辺りから出火した火が、折りからの烈風に煽られ、たちまち下町一帯に燃え広がった。火は両国橋を伝って隅田川を渡り、深川の芭蕉庵は瞬く間に炎に包まれてしまった。

四方から迫り来る炎の中、芭蕉は火にまかれた多くの人々と共に、小名木川に飛び込んで苫を被って炎を防ぎ、九死に一生を得たのであった。貧しい草庵ではあったが、杉風など門弟達の心を込めて建てられ、芭蕉の今後の俳諧生活の拠点となるべきもの、簡素ながらも門弟達が持ちよった調度品、そして芭蕉にとって命よりも大切に思われるべき句稿、様々な文書類の一切を失ってしまったのである。大きな打撃であった。

家屋敷、財産のみならず一家の柱や家族を失った人々、重い火傷や怪我を負った人々を見ては、己の災厄を嘆いてはいられない。自ら家族、財産を棄ててきたはずの芭蕉である。しかし、わずかに身に残していた過去の生活につながる一切を失ってしまった。『みなし栗』の草稿は難を免れた其角のもとにそっくり残っていた。多くの句稿がまだそこに残っていたのは救いであった。

まだ焼け跡の灰を踏みちらし、灰塗《まみ》れのようになって其角らが駆けつけてきた時、芭蕉は寒風の中、濡れそぼれた衣服を乾かし、裸体のようになって、同様に被災した人々と怪我人や子供の介抱などをしているところであった。

「ともかくも……ご無事で……」ととりあえず下僕らと抱えてきた衣服や水、食べ物などを差し出しながらも、焼けただれて倒れている人々、怪我人など、無残な周囲の光景に其角、芭蕉の眼にも涙が光り、しばらくは言葉も出ないありさまであった。

「焼けたのは本郷、神田、深川あたりなど下町一帯で、被災した連衆もいるようですが、確かめる余裕もなく……」

「何とか免れていればよいが……」

周囲の人々も、同じように駆けつけた人々に手を取られ、肩を借りるなどして、他所へ動ける人々は移動しはじめていた。

「ともかく私のところへ……」

日頃若い彼らと同等に精力的に活動しうる芭蕉であったが、一晩水に浸かっての憔悴は隠し切れず、素直に其角の言葉に従うのだった。大火の後の江戸は物価も騰貴し、他国から復興の普請などに入るものも多く、喧騒を極めていた。

「しばらく甲州の高山様のもとでお過ごしになって下さい。是非お越しをとおっしゃっていられます。」

今は周囲の人々の勧めに従って行動する他の道もない芭蕉の状態であった。

風雅の妨げでもあり、我執の源でもあると、自ら振り捨ててきた様々なものの上に、なお身に付け残した一切を失ってしまった芭蕉、今はこの我が身という肉身、一晩、小名木川の濁水に浸っても守り通したこの肉身一つしか残されてはいない。そしてその肉身を生かしているのは、周囲の人々の情けであった。

(3)

流寓した甲州では、澄み渡った青空に厳めしいほどに間近くせまる白銀の富士を眺め、故郷伊賀よりはるかに鋭く高くそびえる山々の威容にうたれ、心や体も生き返るように思われた。

芭蕉はその日、ようやく届いた其角の書状に目を通した。

芭蕉の健康を案じ、門弟の消息を報じ、杉風やその周辺の人々について、一帯が無事焼け残ったことなど、貞や子供達の無事をもさりげなく告げる内容であった。そして『みなし栗』発行をとにかく計画通り推し進めるという、いつもながら力強い鮮やかな墨痕である。

いくつかの句について、芭蕉の評価を問うてもいた。一度疑問を生じると、納得するまで徹底的に膝を進めてせまってくる其角の体温までが、ふっと芭蕉に伝わってくるようであった。

江戸に戻らねばならない。其角を助けて計画中の『みなし栗』発行を成し遂げ、俳諧革新という目標に向かって、一層の前進を遂げねばならない。

戸外に出て厳寒の青空を見つめながら、芭蕉は己の内に又熱いものが渦巻いているのを感じるのだった。

「ご不自由はございませぬか。ここ甲州は江戸よりはるかに寒い土地柄ですから……」

旅宿の主人はいろいろ言いつかっているらしく、細々と気を配り顔を見せた、

「ほんとうにお心をありがたく過ごしております。高山様にはよろしくお取り次ぎ下さい」

「江戸では被災された方々の家がもう建ちはじめているようです。こちらからも、大勢の人足が出かけております。さすがに天下のお江戸でございますなあ」

「私も早く戻って、働きませんと……」

「まだ、御無理でございましょう。いろいろ整ってからでないと……」

この年五月、芭蕉が江戸に戻るまで其角らとの文書でのやり取りは続き、天和三年夏、芭蕉の跋文を添えて其角編集の選集「みなし栗」上下は発刊された。年初を祝う発句の最後に

烟の中に年の昏《くれ》けるを
霞むらん火々出見の世の朝渚《なぎさ》　　似春

とおかれた句は、この大火後の情景を詠んだもので焼け残った木切れ、材木を片づける煙、人々を弔うために焼く煙などの中、一面の灰や瓦礫の焼け野原にむかって、「この世の出来事とも思えず、神代のことかとも……」と似春が詠んだものであった。

鶴さもあれ顔淵生きて千々の春　其角
　身の正月を屈原が酔　嵐雪
花に行秋はさびしき男にて　藤包

と続く三吟の発句は、ともかくも孔子の第一の弟子顔子淵のような学問、人格共に最高の人、すなわち師芭蕉が生き延びてくれた喜びを詠った句であった。

これらは甲州の芭蕉と連絡を取りながら、旧草稿に新たに付け加えたものである。

これらに明らかなように、漢詩文や古典の教養によった高踏的な句、又それらを逆手に取ったような滑稽味をねらった句などがあり、又少しずつ自然や情景をすなおに詠む叙情的な句も見え始めている。

清く聞ン耳に香焼いて郭公《ほととぎす》　芭蕉

我身
乞食かな天地を着たる夏衣　其角

先に述べた「花にうき世」の歌仙は上巻にあり

花にすむ盧山の列をはねたらん　其角
　柳にすねて瀑布《たき》ヲ酒呑　嵐蘭

と終わっている。下巻は秋の部から始まる。

初秋の風かたへは涼し青西瓜《わか》　東順

其角の父東順の句ではじまっている。漢詩的言い回しで、字余り、破調の句は『みなし栗調』といわれる当時の蕉風の特色で、広くはやったものであった。
続いて「七夕」の句や歌仙、芭蕉のあさがおの句もこれに続く。

人は寝て心そ夜ルを秋の暮　麋塒
はぜつるや水村山郭酒旗の風　嵐雪
髭風ヲ吹て暮秋難スルハ誰ガ子ゾ　芭蕉
　憶フ老杜
手づから雨のわび笠をはりて
世にふるもさらに宗祇のやどり哉　芭蕉

冬野見よ刈とはなしに霜の鎌　露章
冬枯れの道のしるべや牛の屎　卜尺
霧白し枯野のそばの花月夜　翠紅
城見えて合羽は重し雪の暮　信徳

稟畤は甲州に芭蕉を招いた高山氏である。
憶李白としての才丸、其角、子堂三人の歌仙がみえる。

月を見て東坡は雪に身投げん　才丸
…………
今哉角天地を樽とのみ破る　其角
春惜む神すずしめか気違か　子堂
俳諧童友くるふ里　其角

これらの句には漢詩文的世界への合一感と超俗的気分の中で俳諧世界に遊ぼうとする彼らの心情が表れていた。下巻の最後は杜甫の詩を掲げての芭蕉と其角の以下の歌仙でおわる。

酒債尋常往く処有り
人生七十古来稀なり

詩あきんど年を貪る酒債《さかて》哉　其角
冬湖日暮て馬に駕《のする》鯉

…………

沓《くつ》は花貧重し笠はさん俵　芭蕉
芭蕉あるじの蝶丁《たたく》見よ　其角
腐れたる俳諧犬もくらはずや　芭蕉
ぼちぼちとして寝ぬ夜ねぬ月　基角

…………

詩あきんど花を貪る酒債哉　其角
春湖日暮て興に駕する吟

このように、前後を一幅の画のように仕立てて終わっている。歌仙の作法に従って、舞台は自由自在に変化するが、如何にも二人の息がぴったりと合った歌仙であり、俳諧宗匠としていきる「詩あきんど」と自己を規定し宣言した其角、それに対して宗匠という立場を否定した芭蕉という対立した立場に立つ二人が、共に俳諧の真美を求めての共同宣言といってもよい。

芭蕉の跋文が続く。

「栗」という一書其味四あり。李杜が心酒を嘗めて、寒山が法粥を啜る……西行の山家をたづねて人の拾はぬむしくい栗なり……其の語震動虚実をわかたず……是必他のたからにあらず。汝が宝にして後の盗人ヲ待

天和三癸亥年仲夏日　　芭蕉洞桃青鼓舞書

古人貧交行之詩ヲ嚙ミテ吐テ戯レニ序ス

この道今の人棄てること土のごとし

凩よ世に拾はれぬみなし栗　　晋其角撰

『みなし栗』はこの其角の句より名付けられたものだが、芭蕉、其角いずれにも強烈な自負

心を指摘することが出来る。

　この『みなし栗』は後に許六が「宗因用ひられて貞徳すたり、先師の次韻起て信徳が七百韻おとろう、先師の変風におけるも、みなし栗生じて次韻かれ、冬の日出てみなし栗おつ」といわれたように、芭蕉七部集のはじめである『冬の日』へとつなぐ過渡期の選集であり、めまぐるしく進展していった蕉門俳諧の大きなあしあとをのこしている。

　師と仰ぐ芭蕉の被災、又身内、知人らの災厄にも見舞われ、日頃の生業にも復興のための忙しさが加わり等、蕉門の人々にも厳しい天和三年冬であった。

　しかし其角を先頭に、甲州から寄せる芭蕉の書状、遠く京、大阪からのそれらにもお互いに励まされながら、厳しい冬を乗り越えることが出来た。五月には芭蕉も江戸に戻り、其の跋文をえて選集『みなし栗』は無事発刊され、芭蕉も彼らと共に刷跡も黒々とした選集を見ることが出来た。

『みなし栗』は前述のように人々に迎えられ、江戸における芭蕉一門の存在は広く知れ渡った。其角のもとにも、芭蕉のもとにも訪れる人々はますます増え、一門にも新しい顔ぶれを加えていった。

　だが大火の一夜を小名木川の水中で過ごし、万死に一生を得るという深刻な体験を経た芭蕉にとって、みずからの俳諧も一門の人々のそれも、人間や自然の真実をあらわし、風雅の真髄に迫るという点で、まだまだ納得のいくものではなかった。

其角は後に『芭蕉翁終焉記』のなかで

「深川の草庵急火にかこまれ、潮にひたり苫をかつきて煙のうちに生きのびけん、是ぞ玉の緒のはかなき初め也 ここに猶如火宅の変を悟り無所住の心を発して」と述べている。

芭蕉としては、『みなし栗』の現状に甘んじてはいられなかったのである。

画賛

かさ着て馬に乗りたる坊主は、いづれの境より出でて、何をむさぼりありくにや。このぬしのいへる。是は予が旅のすがたを写せりとかや。さればこそ、三界流浪のもも尻おちてあやまちすることなかれ

馬ぽくぽく我を画に見る夏野哉

この句は又甲斐の郡内といふ処に到る途中の苦吟として

夏馬ぽくぽく我を画に見る心かな

などの句の改作と思われる。

甲州流寓時の自己を苦い思いで戯画化するように詠んだ芭蕉であるが、それだけで済ませるわけにはいかなかった。

その年六月、故郷伊賀では年老いた母が亡くなっている。

延宝四年に帰省してより八年、様々の転変があった中で、俳諧仲間と頻繁に書状をやり取りする一方、故郷へは時折ぶさたを侘びる簡単な便りを出すのみであった。深川の草庵に一人暮らしを始めたことも単なる事後報告で済ませた。江戸の大火後の甲州流寓のことも、兄の問い合わせに対し、簡単に事情を述べたのみである。故郷からは常に彼の無事を願う便りばかりであり、その行動に非難がましいことは一切書かれてはいなかった。

江戸でまだ住まいの決まらぬ仮宅のなかで、母の病没を告げる兄の便りを開いたとき、東下以降の我が身の変遷を思い、それらは皆、自ら招いた覚悟の上のこととはいえ、芭蕉は独りただ流れる涙を押さえることができなかった。

第三章　古池や蛙飛んだる水の音

（1）

大火後、再び江戸へ帰った芭蕉であったが、落ち着く場所がなかった。

門人たちは昨年来の災厄からまだ立ち直ってはいなかったが、それぞれの懐具合による拠出によって芭蕉庵の再興を目指し、銀百四十匁を集め（現在の価格で約十四、五万円）、小名木川河口にあった森田屋敷の一戸を改造して、十月再び芭蕉庵を建てることができた。

「私ははずしたよしずを洗って持ってきましたよ」

照れたように笑いながら、巻いたよしずを抱えてやってきたのは嵐虎であった。

「よしず一把」と嵐竹が言った。

「来年は新しいよしずを求めるんだな。洗ってきたのは上出来だ」

冊子などを重ねながら嵐雪が振り返った。小柄な山店が長い竹ざおを担いで入ってきた。

「長いものは適当なところにおいて置け」と北鯤。

「ひさごのほうが持ちよかったな」と山店。

「米を入れたひさごは重かったわい」

「兄弟げんかするなよ。米を入れたのは上出来だ」と嵐雪が笑った。

「よしずはもういらんぞ。そのままその辺において置け。来年の夏までな」

芭蕉と話していた其角が笑いながら大声で言った。

門人ら七、八人が集まってそこらを拭き清め、芭蕉のごく簡単な引越しも終わった。

芭蕉は再び門人らの助力によって、その俳諧活動の拠点となるべき住まいを手に入れることができたのである。

新庵に落ち着いて、いっそう簡素な調度の中に夜を過ごすとき、またも芭蕉は自らを突き動かす内心の声を聞かねばならなかった。

再び芭蕉庵を作り営みて
あられきくや　この身はもとのふる柏

『みなし栗』発行により京都、名古屋からの俳人、まだ見ぬ人々からの手紙はますます繁くなっていた。上京を促す便りもたびたびであった。

京都には『みなし栗』にも挙げられている信徳らがいたが、大阪は談林派の俳諧の牙城とも言え、中でも意表をついた型破りの作風でオランダ西鶴とも呼ばれた井原西鶴が、一昼夜の多句、速句を競う矢数俳諧を興行して人気を高めていた。

「矢数俳諧」は書き役、数え役、後見人など規則を定めて、二、三千人もの観客を集めて興行され、俳諧師は人々の喝采を博していた。

これより早く一六七五年、三十四歳の西鶴は三人の子を置いて二十五歳の妻に先立たれ、追悼のために一日で千句を詠んでいる。

脈のあがる手を合わしてよ無常鳥《ほととぎす》
次第に息はみじか夜十念
…………
昼の契り夜の契りをかさねけり
流石わかれのかなしさの事
つぼむ花枯木の煙骨仏
一心頂礼経をよむ鳥

妻を失い追悼のために、一日千句を詠んだ西鶴であるが、このようなスピード感のある句作、心の働きにある達成感や満足感を味わったのではないだろうか。以後千五百句、四千句と矢数俳諧に邁進するようになる。

射てみたが何の苦もない大矢数　西鶴

このような数を競う矢数俳諧にはスポーツのように次々と挑戦者が現れ、句を詠みあげている。が、あまりの精神的、肉体的緊張感により、その場で昏倒したと伝えられる者もいる。数の正確さを期するための工夫もされ、次々と記録も伸ばされていったのであるが、多数の観客を集めればそれだけ多くの収入にもなった。

君が代は喧嘩の沙汰も納りて
苔がむすまで　ぬかぬわきざし
…………
ぞ散るらん上を下へと花に鐘
とへほに羽を広げゆく雁　西鶴

このようによく知られた古歌のパロディ〈山里の春の夕暮れ来てみれば入相の鐘に花ぞ散

りける〉（『新古今和歌集』能因法師）などが次から次へと繰り出される。連想によって広がる独特の世界といってよい。観客は俳諧師の古典などの知識、驚異的エネルギーなどに熱狂したのである。

長持ちに春ぞくれ行く更衣　　西鶴

西鶴にはこのような発句もあるが、矢数俳諧は後に浮世草子作家となる彼にとって、その才能を開花させ、真の自己発見につながるきっかけともなったと思われるのである。が、これらについて、「早口に多句を競うとても何の味もないこと……」と信徳なども批判的であった。

江戸からの新風に期待し『みなし栗』の編著者其角や芭蕉のもとへは、それゆえに上京を促す便りもまたしばしばであったのである。

(2)

年が改まり、少し暖かい日が増えてくると「浅草の千里のところへいってみましょう」と誘ったのは其角であった。

「ちりは小さな家を借り、近くの女たちに時々手伝いを頼むくらいで、ほとんど一人で暮らしをまかなっています。まるで坊様のように……」と其角は笑った。

大和の油商人ちりは三十代半ば、商用で江戸に滞在し其角や嵐雪らと親しく交わっていたが、その生活態度は実に簡素で、男の一人所帯と思われぬほど家内は整っている。俳諧以外ほとんど無頓着に、周囲や家内のもの任せにしている其角や嵐雪などとは大違いなのだという。


晴れた冬の朝、冷たい空気を吸いながら、まだ所々霜のとけ残る道を、芭蕉は若い二人の軽やかな足取りにも負けずに並んで歩いた。

途中新しく建てられた家々は一昨年の大火の跡であり、焼け焦げた幹から新しく枝を伸ばしている木々もあった。野には青い芽も少し見え始めていた。

「ご一緒は無理のようですから、暖かくなり支度が整いしだい私は上京するつもりです。都や吉野の桜を是非と書かれてありましたが、花の季節に間に合うかどうか……」

「行くなら都の花を見たがよかろうがなあ。江戸の花見もよいが、都や吉野の花も忘れがたい……」と芭蕉も東下以前の若い日を偲ぶようであった。

「とにかく準備も必要ですからなあ」

嵐雪が振り返って笑い、芭蕉も笑いながら改めて其角を見た。父の家に住んでいるとはいえ、酔っては友達のところへ転がり込んで眠り、着の身着のまま、お互いに連れ立って歩いては、決まった宿所もなく、布団も持たないという暮らしをしている若い彼らであった。江戸の俳諧宗匠として上京するに際し、其角が旅費を含めて、「準備をして……」というのも当然のことであった。

芭蕉の門人の中でも武士や商人、医師、僧侶など生業のあるものは別として、俳諧師として生きようとする其角らが矢数俳諧に一切手を染めていないことは、この時代としてごく少数派であったのである。芭蕉の門人として彼らには自負と結束があった。が、芭蕉としてはこのような彼らに対して、自らが目指す風雅、俳諧をこれとして示す必要があった。

「信徳や一晶らも待ちかねているであろう。存分に都を見てくるがいい」

ほぼ十二、三年前、『貝おほひ』一巻を懐に江戸へと向かった自らにも比し、其角の上京には芭蕉としても大きな期待を持っていた。京の人々へ蕉風俳諧を伝え、広めるという大きな目的と共に、其角にとっては自らの俳諧にまたいちだんの飛躍を遂げようという決意を伴い、まだ見ぬ都へ、そしてそこでの旧知の人々や未知の人々との出会いへと若い其角の心ははやっていた。

三人の話し声が内からも聞こえたのであろう、ちりはすぐ戸口を開け笑顔で彼らを迎えた。

「この次晴れた日にはいらっしゃるとのことでしたから……」

「約束どおり、われわれはまだ朝餉もすんでおらぬ」

嵐雪が大口を開けて笑った。

「あつかましい二人に私も便乗して……」

途中の道に新しい家の立ち並んでいること、それらの家々が以前にけして見劣りしないこと等、また其角の上京の予定やちりの故郷大和や奈良、都のことなど、三人のやり取りにも言葉をはさみながら、ちりは慣れた手つきで三人の前に米の飯と海苔を浮かせたすまし汁を並べた。海苔汁は寒い澄んだ朝の空気に高い海苔の香を放ち、美しい緑色を見せていた。

「まあご賞味ください」

「われわれも数回馳走になっております」

「おおかたどこかの朝帰りというところだろう……」と芭蕉は笑った。

「この海苔汁は私が江戸へ来て覚えたもっともうまい物の一つです」

日ごろ歌仙の席でもあまり議論などには加わらず、人々の茶の世話などを気軽に勤めるちりであった。

「うまいものを馳走になりました。この潮の香りがなんとも言えん。大和も私の郷里伊賀と同じで海がないし、新鮮な海苔のうまさは海の近くでないと味わえないものだ」

のり汁の手ぎわ見せけり浅ぎ椀

其角は上京の準備に忙しくしている。

関西を中心に大流行している矢数俳諧に抗するのには『みなし栗』だけでは不十分である。芭蕉自らの俳諧を次の段階にまで進めねばならない。

大火によって、芭蕉は保持していた過去の文書類の全てを失ってしまった。大切な人からの書状、自ら認めた過去の記録、文書の一切である。それらの中にはしっかりと一字一句彼の脳裏に記憶されているものも多い。今のうちにそれを文書として書き残したならば、失ったものと同様に残されうるものもあろう。だが芭蕉はそうしようとはしなかった。

失われたものは既にかえらないものである。現在身に付けているもののみが、前進していくための糧としうるものなのであった。残された時間は少なく、過去を振り捨てることによって心身ともにますます身軽になり、風雅の探求の道に進み出るほかはないのだ。

大火の経験は芭蕉にとってこのような求める心、突き詰めた思いをますます強め、確認するものとなった。

またこの頃芭蕉は、訴訟問題などで深川に滞在していた仏頂和尚について禅の教えを深く学ぼうとしていた。芭蕉にとって悟りによる無我の境地を求める禅の教えは容易に肯けるものであった。深川転居時の捨身の思いがますます強められてきていた。しかしこのような求める心が現実の句作になかなか表しえないもどかしさがあった。

芭蕉庵にひとまず落ち着いた芭蕉のもとへは、故郷からは「安堵した」という便りと共に、久方ぶりの帰郷と母の墓参を促す便りが届いている。また被災した際はるばる見舞いの便りを送ってくれた京の人々からも、当地でぜひ『みなし栗』の新風に接したいとの熱心な誘いの手紙があり、そのような便りは名古屋、大垣からも送られてきていた。矢数俳諧の大波に翻弄されている人々にも、俳諧の異なる展開の道筋を示していく必要があったのである。

芭蕉庵でさまざまの屈託した思いに責められながら、少し暖かくなった日、芭蕉は庵を出て川べりの小道を歩いていた。白い野の花が咲き始め、小さな蝶がもうそこに飛び戯れていた。

『荘子』に親しみ始め、荘周が夢に胡蝶となって遊び戯れたということなど、ますます蝶が慕わしく思われてくる芭蕉であった。蝶を見るとふっと心が蝶とともに戯れ遊んだ幼年に帰るようであった。

唐土《もろこし》の俳諧問はん飛ぶ胡蝶

胡蝶よ、おまえが荘周ならば、もろこしの俳諧を私に語ってくれないか、と芭蕉は呼びかけたのだった。

自らの俳諧を前進させねばという突き詰めた思いと共に、一昨年の大火以来の心身の疲労も、気候が和らぐと共に少しずつ溶けて行くようであった。

奈良七重七堂伽藍八重桜

談林時代の明るく機知縦横な桃青が、少し複雑な陰影と落ち着きを加えて蘇ったような句が出来上がった。

梅の香も漂い、はれた昼は風も暖かく感じられた。春の気配は深川の野に訪れはじめていた。新しい草庵に通う人々もまた繁くなってきている。

上京の支度もあらかた整った其角は久しぶりに草庵を訪れ、皆と喋り散らしていた。

吉原の花魁や歌舞伎若衆の評判、全国に大流行の矢数俳諧のことなど様々であった。

芭蕉同様彼らも矢数俳諧を価値あるものと認めてはいなかったが、近しい人々が興行したうわさ等はすぐに彼らのもとにも知らされていたのである。二、三千人をも集める興行は収入を伴うものでもあったから、彼らも無関心ではいられなかった。

彼らの話を横になって聞くともなく聞いていたらしい芭蕉はひとしきり話が落ち着いた頃起き上がり、

「つい一昨日、このような句を作ったよ」と見せた。

留守に来て梅さえよその垣ほかな

「冷たくされておるのは、我々だけではないようですな」

嵐雪がちらとその懐紙を見ながら言った。

「よい時節になり、其角も上京するし、京、大阪の人々に我々の力を示す時です」

「ここ数日、この句に呻吟しているのだが……」と芭蕉は書きかけの句稿を広げた。

「……蛙飛んだる水の音。この上五を付けわずらっておるよ」

隅に近く座りなおした其角もギョロリと大きな目で、鋭い視線を走らせた。

「……山吹や……ではいかがでしょう」

やや、間をおいて其角は言った。

万葉集などに歌われている春の山川にしだれ咲く山吹の花と一匹の蛙、絵のように美しい情景を写しえた、佳句を得たと其角は思った。〈かはづ鳴く神奈備川に影みえて今ぞ咲くらむ山吹の花　厚見王〉

だが芭蕉はその其角の顔を見ようともせずに首を振り、俯いたままじっと考えに沈み始めた。かすかな風が土に近い草庵に草の匂いを運んできていた。彼らは皆芭蕉の深い沈思の姿

に言葉をはさむこともできず、じっと見守り次の言葉を待っていた。芭蕉はしばしの後顔を上げ筆をとると

古池や　蛙飛んだる水の音

と詠み、彼らに示した。

其角はその言葉を聞き終わったとき、自分が思い描いていた春の川岸にしだれ、咲き誇る山吹と蛙の姿が一瞬に眼前から消え去り、「ボッチャン」という蛙の飛び込んだ水音が、狭い芭蕉庵の一室に響き渡ったのを聞いた。

震えるような感動が彼の全身を貫いた。

彼は同室の者が皆一様にその物音を聞き取ったと思った。彼らは皆しばらく無言であった。師が求めていたものはこれだったのだ。これこそ誠の俳諧であると其角は思った。故事や古典、既成の観念や権威によらず、自分達の生活の中の真実の経験から生まれてくる言葉こそ誠の俳諧であり、誠の風雅と言いうるのである。

真実の実感に基づく俳諧の力というものを、彼らは皆感得したのであった。師と共に真の俳諧の真髄に触れえたと其角は思った。

その夜、連れ立って芭蕉庵を出た彼らは皆心の中の熱く深い昂ぶりを覚えていた。

『みなし栗』の編集と大火の経験を経てのその出版。そこで自分たちが師の下で一歩前進したことを彼らは感じていたが、また今日のこの「古池や……」の一句によって、もう一歩俳諧の新たな地平に進み出たのである。

この芭蕉の足跡に続こうとする自分達の前途には、実に広い広い俳諧の未踏の沃野が広がっていることを若い彼らは実感したのであった。

星の美しい夜であった。深川の野には一面蛙の鳴き声が広がっていた。言葉少なに彼らは水辺の多い深川の野を歩き別れた。

ここかしこ　蛙鳴く江の星の数　其角

彼らと別れ一人野を横切って暗い町へと向かう其角の唇にひとりでに浮かんで来た句であった。

「……まだきさらぎの廿余り、月なき江の辺り、風いまだ寒く、星の影ひかひかとして声々に蛙の鳴出でたる艶なるようにて物すごく……」と其角はみずから貞享三年「蛙合せ」の判にこの夜の事を書き留めている。

やまとうたは人の心を種としてよろづの言の葉とぞなれりける。世の中にある人、ことわざしげきものなれば、こころにおもふことを見るものきくものにつけていひいだせるなり。花に鳴くうぐひす、水にすむかはずのこゑをきけば、生きとし生けるものいずれか歌をよまざりける……ちからをもいれずして、あめつちを動かし……

「古今和歌集」序文に紀貫之がこう記して以来約八百年、「蛙」の鳴き声は歌を詠むものとして度々和歌に登場している。現実の蛙そのもの、生き物としての蛙の生態、動き等を描き出そうとしたものはなかったのである。水に飛び込む蛙、その水音は芭蕉によってはじめて風雅の世界に聴き取られたといい得るのであった。

(4)

西行の死出路を旅のはじめ哉　其角

「古池や……」の一句に俳諧の進むべき新しい道を見出し「ここかしこ……」の句を得た其角は支度も整い、昨年来の計画である上京の旅へ一歩を踏み出した。

平安時代末期から鎌倉時代へ生きた歌人西行「願わくは花の下にて春死なむその如月の望月の頃」と歌い、桜咲く望月の日になくなったと伝えられる西行、『みなし栗』中に「西行の山家をたづねて……」とあったその西行が死へ旅立ったその如月の望月の日、自らも旅の最初の一歩を踏み出すという其角の句である。自らの死出路に続く旅なのであった。

歌人西行に続き、風雅の道を歩みつづけるという其角の思いがうかがわれる句であった。このとき以来、其角は一日も欠かさず日記をつけ始める。芭蕉の門弟としてというより一俳諧師として、自らの一歩を踏み出すという其角にとっても固い決意の旅立ちであった。

京都では延宝期からの知人である信徳らとも歌仙を巻き、花の吉野をも訪れている。

句を干して世間のしみを払いけり　友静

声彼の蝉と一つ樹の蝉　其角

…………

つくつくと男にほるる男かな　其角

鏡のおくの我に抱付　春澄

これらの歌仙には『みなし栗』の漢詩文によったような表現、脱俗を気取る風などがまだ残っているように思われる。

そして六月四日、其角は大阪住吉神社における西鶴の矢数俳諧の後見役の一人を務めたのである。「西鶴に後見頼まれければ……」と其角はあっさりと述べている。

江戸の宗匠に自らの矢数俳諧を見せ、又其角の経済に資するという西鶴の思いもあったかもしれない。

神仏誠を以て息の根止まる大矢数　西鶴

神仏に誠の誓いを立てて息の根が止まるまで詠みつづけるという西鶴の最初の一句である。このとき西鶴は一昼夜に二万三千五百余句を詠み上げている。一句一句は書き留めるまもなく棒線を引いてその数を示したというものであった。

其角が西鶴の後見役の一人を務め、西鶴が驚異的な二万三千五百余句を詠み上げた事は、弟子たちから芭蕉の下へも知らされた。また其角からもその際に詠んだ一句と共に、詳細を認めた書状は届いたのである。

騏の歩み二万句の蠅仰ぎけり　其角

確かに書き留めるまもなく吐き出された一句一句は、蠅のごとき取るに足らないものであろう。しかし、この句によって、中国古代の霊獣、一日千里を走るという騏麟のごとき恐るべきエネルギーをもって驀進する西鶴の姿を、其角は描き出したのであった。

芭蕉の脳裡にも其角の句によって、そのような西鶴の姿は深く刻まれたのであり、俳諧の革新という芭蕉の焦慮もいよいよ深まっていったのであった。其角と西鶴の交友はこの後も芭蕉の死に二年先立つ西鶴の死まで続いていく。西鶴は芭蕉より二年年長であり、其角には十九歳の年長であった。

また、向井去来とも京で知り合い、祇園で酒を飲み茶を楽しみもした。長崎の人去来は上皇の御所、仙洞御所にも出入りする高名な医師元升の弟であったが、祇園の芸妓を身請けし共に暮らしていたのであった。去来は当時三十四歳、其角には十歳年長である。

其角にとっては『みなし栗』一巻を掲げての京、大阪への華々しい登場であり、新たな人々との貴重な出会いとなった。

(5)

芭蕉に対しても、帰郷、上京を勧める手紙は多々あった。だが、芭蕉には単に俳諧に関する目的のみで、上京するという選択はなかった。それ以前に故郷の人々に、現在の自身について納得をうる説明を果たすという問題が残っていたのである。春以来の仏頂和尚についての参禅も、芭蕉にとってそのための苦しい模索の一つであった。

「ちりさんも今年の盆過ぎには大和へ帰るそうですよ。伊賀までご一緒されたら如何ですか」

将軍御用達の魚商という忙しさの中でも、俳諧を忘れぬ杉風が草庵を訪れての言葉であった。

其角がまだ京に滞在しているその年八月、芭蕉も様々な状況に押されるように帰郷と上京の途についた。西行の後に続こうという気迫と若い活力を以て、前途に広がる未来を見つめて花の春に旅立った其角に対し、季節も変わり、芭蕉が自らの旅の途上に見つめていたものはまったく異なる野ざらしの姿であった。

千里に旅立ちて路かてをつつまず。三更月下無何に入ると云けむ、むかしの人の杖にすがりて、貞享甲子秋八月江上の破屋をいづる程、風の声そぞろ寒げ也

野ざらしを心に風のしむ身哉

「野ざらし紀行」とも「甲子吟行」とも呼ばれる旅の始まりである。

秋十とせ　却て江戸を指故郷

故郷をも目指す旅ではあるが、そこでどのように迎えられるかはわからない、十年以上の

交友を築いた江戸はいまや懐かしい故郷のようにも思われる。しかしそこをも旅立っていかねばならない。このとき以後、もはや安住できる故郷というものを持たないかのような旅の生涯が続くことを、早くも予言したような二句であった。

のちに『野ざらし紀行』前文に、芭蕉江戸下向以来の友人である二歳年長の素堂は、

……我友ばせを老人、ふるさとのふるきをたづねむついでに、行脚の心つきて、それの秋、江上の庵を出、またの年のさ月待ころに帰りぬ……そも野ざらしの風は、出たつあしもとに千里のおもいをいだくや、きくひとさへそぞろ寒げなり……

と記した。

深川や芭蕉を富士に預け行く　　ちり

庵の片隅に再び植えられた芭蕉は、いまや軒を越える高さになり、風に吹かれている。隅田川を前に風光明媚な地を占め、小さな芭蕉庵ではあるが門人らの交遊の場であり、蕉門の風雅の象徴ともなっている。ちりにとっても江戸滞在の実りある懐かしい思い出の場所であった。

このようにして出発した二人であったが、富士川のほとりで「三つばかりなる捨て子の哀れげになく」情景に遭遇する。前途の厳しさを感じさせる旅の始まりであるが、当時捨て子は世に行われる悪習であり、珍しいことではなかった。

幕府は当時「捨て子禁止令」を出しているし、これは後の「生類憐れみの令」に発展していった。飢饉、地震、津波、火山の爆発など災害の頻発した江戸時代前期、豊かな人々は少数であり、貧しい人々との隔たりは大きかった。が、大火の一夜を過ごした芭蕉には彼我の間に一歩の違いしか存しないという思いも漂っていたろう。

猿を聞く人捨て子に秋の風いかに

旅人である芭蕉たちには懐から食べ物を投げて通るしかなかった。しかし、旅の途中の風光には心を洗われ、新しい詩心をうることができた。

馬上吟

道のべの木槿は馬に食われけり

わざわざ馬上吟と断っているところからも、この句が事実に則して詠まれていることがわかる。古歌・漢詩等の故実によらずに自らの実感や経験に則して句作をする、そこに新しい詩心を歌い上げる、これが芭蕉を先頭に蕉門の人々が切り開いた俳諧の真髄であったといえよう。

現在、当然のことと受け取られているこれらが、和歌の細かい約束事から離れられず、また一方、談林や矢数俳諧、点取り俳諧の流行の中で風雅を遠く離れようとしていた俳諧世界において、実に革新的なことであった。

美しい槿の花だと芭蕉が見つめるまもなく、乗っていた馬の口にぱくっと花は食べられてしまった。芭蕉の目には鮮やかな花の余映が残ったばかりである。馬の上から見た槿の花は、地上からよりは、より大きく華やかに見えたかもしれない。「道の辺の木槿、山路のすみれ……」と『野ざらし紀行』の前書きに後に素堂が触れたように、この句も芭蕉の俳諧を新しい境地に導く一句となったのである。

芭蕉は故郷伊賀の脇を通り過ぎ、まず伊勢神宮に参拝する。

みそか月なし千とせの杉を抱あらし

ギクシャクした感はあるが、実感に基づくという芭蕉の一歩はここにも貫かれている。

延宝四（一六七六）年以来八年ぶりの帰省であるが、その間の芭蕉の状況の余りの変貌ぶりを、故郷の人々に納得させるのには、芭蕉としても心構えが必要とされたのではないか。

深川への突然の隠棲ということが四年前、延宝八年冬におきている。八年前、連れて下向した桃印のその後について、既に手紙などで連絡ずみではあるが、本当に身内・親族を納得させえたか、芭蕉としても確信がなかった。

水道管の水さらえなどの事業に関して、何らかの不祥事が生じたのではという可能性を芭蕉隠棲の陰の事情として先に考えて見た。

芭蕉がこの事業にかかわったことも、上京して居を定めた小沢太郎兵衛（俳諧仲間卜尺の父）が小田原町の町名主であったということと関係があろう。当時の芭蕉はこの工事を町（名主）から請け負っていたのであるが、他の町で請負を禁ずるという町触が出たこともある。

神田川上水平堀の総浚えという堀の清掃には三千人からの人手を要し、総額百五十両ほどの金額がかかったのではという研究もなされている。

芭蕉は延宝五年からこの工事を請け負っていたと考えられるが、延宝八年、この工事は永富町の町名主六左衛門が引き継いだことになっている。

いずれにしてもこれだけの金額を動かして定期的に必ず行われねばならないことであるし、問題が起こることはむしろ当然であったかもしれない。このとき芭蕉が何らかの罪に問われるような事があったのではないか、罪に値する事実があったかどうかではなく、罪に問われたかどうかの問題である。そのような場合桃印が代わって罪をかぶるようなことがありはしなかったか。そのほうが罪は軽くなるのであり、現在でもよくあることである。そのように勧める人々もいたかもしれない。そうなれば彼は何らかの罰に服していたであろう。

芭蕉が深川に隠棲する直前、この小田原町でも大きな火災が起きている。芭蕉がこの火災で被災したかどうかは不明であるが、十月のこの火災の翌日付で、伊賀の菩提寺愛染院に芭蕉の兄半左衛門の甥として冬室宗幻が死亡という碑銘があるという。兄の甥は芭蕉の甥でもある。桃印の現状を隠すという目的があったのでは、という見方も出ている。

桃印という名が桃青に因んで付けられた俳号を思わせるにもかかわらず、この名前以外の実名を歴史に残さず、またその名で一句の俳諧をも残していないことは問題とされざるを得ない。もちろん、たまたまそのような資料が残されていないということも考えられなくはないが……。

桃印が俳諧に一度は志したとしても、同年代の其角、嵐雪らの華やかな才能を前にしてはその道を断念したということも有り得ないことではない。全ては延宝八年以前の芭蕉の活動の一面、いわば生活にかかわる一面が記録に残されていないことが多くの疑問を生んでいるといえる。

ただ一つの原因のみによって、この隠棲がなされたと考えるのは適当ではないだろう。

芭蕉自身の身体的生理的傾向、何らかの社会的事件、またやはり生得の文学的志向などの全てが関わっていると思う。従来あまりにその文学的志向、求道的姿勢のみが強調された嫌いがある、それらの傾向はこの隠棲時からむしろ意識的に強まってきたと見えるのである。天和二年の芭蕉庵の類焼によって、これらの疑問を明らかにする文書類の全てが偶然に失われてしまったと考えることもできる。しかし、後の筆でも書き残す、又は何かのついでにそれらのことに触れることはできるはずである。しいて隠された、という推測を振り払うことができない。そしてそれは、その事実が芭蕉にとって名誉になることではないと考えられたからであろう。が、ともかく芭蕉にとって八年ぶりの帰郷であった。

長月の初め古郷にかえりて、北堂の萱草も霜枯れ果て、今は跡だになし。何事も昔に替わりて、はらからの鬢白く眉皺寄りて、只生命ありてとのみ云いて言葉はなきに、このかみの守袋をほどきて、母の白髪おがめよ、浦島の子が玉手箱、汝が眉もやや老たりと、しばらく泣きて

手にとらば消んなみだぞあつき秋の霜

この前文には単に八年ぶりの帰郷であり、母の病没に間に合わなかったという以上の深い

嘆きがこめられていると思う。俳諧の面においては芭蕉の名は相当程度認められるものになっている。だがそれに対する満足の気持ちはこの対面の文章には表れてはいない。その俳諧師としての自立が他の全て、家族妻子、社会的地位、金銭面の成功など全てを犠牲にした上に成り立っているという芭蕉としての自ら恥じる思いがあったのではないか。

肉親に対して「命ありて……」とは「命だけはありましたので……他の全てを失いましたが……」という芭蕉の挨拶であろう。兄の言葉「母の白髪おがめよ。……」以下もやはり成功して帰郷した弟に対する言葉とは取れない。落魄の身をいたわるとも取れる言葉である。俳諧の道での成功はあるにしても、一般的な意味での幸福な暮らしというものを捨ててしまった、捨てざるを得なかったとも見える芭蕉の姿には、肉親としてはいたわりの思いがまず先立つものであっただろう。

一見、孤独な生活を送ったかに見える芭蕉であるが、残された手紙などによれば、伊賀の肉親との関係はむしろ密接で、温かい思いやり深い関係が想定されるのである。が、彼らに現在の自身の俳諧のみに賭けざるを得ない生き方を、ともかくその眼前に身をさらすことによって示しえた上は、芭蕉はその後はひたすらその道を歩みつづける。

ひとまず故郷に身を落ち着け、肉親との対面という旅の一つの目的を果たし、芭蕉はもう一つの目的、蕉風俳諧を確立し、広めるという目的に向かって全力を傾けていくのである。

一週間ほど伊賀に滞在したのち、芭蕉は旅に同行した大和竹内村のちりの里に赴く。江戸での芭蕉の暮らしをよく心得ているちりの里で、芭蕉もゆっくりと休むことができた。ちりは美しく庭を造り、石をおきなど、母のために孝養を尽くしている様子がうかがえ、豊かで落ち着いたちりの里で芭蕉は暫しの休息を得たのである。

わた弓や琵琶になぐさむ竹のおく

ついで吉野に西行のあとを尋ねている。

この頃、京都で春以来の人々との交遊、歌仙などに充実した時をすごした其角は、紅葉の美しい京を後に、帰国の途についた。

京出ずる日
片腕は京に残す紅葉哉　　其角

美しい紅葉をご一緒に眺めたいと心残りのするわたしは、お名残惜しいお別れの形見として、片腕を切って、その血潮で染めたこの美しい紅葉の枝を残すものです。紅葉を美しいと眺め、私を偲んで下さい、というドキッとするほど熱い思いのこもった派手やかな其角の句である。

(6)

芭蕉は其角と入れ違いのように京を通り過ぎ、美濃大垣に向かう。大垣には延宝期に江戸で三吟などを歌った船問屋谷木因がいた。木因は芭蕉より五歳ほど年少で旧知の間柄であり、心の屈託も揺るぐ相手であった。

「野ざらし……」の句を詠み、悲壮な決意で始まった旅であったが、故郷で一つの重荷を果たし、肩の荷を下ろした芭蕉は、ここで自虐的にも見えるような句を詠んでいる。

　死にもせぬ旅寝の果よ秋の暮れ

木因のもてなしがあったのであろう。

　琵琶行の夜や三味線の音霰

木因とは桑名に遊び

　歌物狂い二人こがらし姿かな　　木因

この旅では熱田名古屋の遊俳（正業を持ちながら、趣味、教養として俳諧を楽しむ人々）

として二、三十代の有力な町衆を紹介され、芭蕉は精力的に彼らと歌仙を巻く。この歌仙が貞享三年連衆の一人、荷兮（医師）によって『冬の日』として出版され蕉風開眼の書として『芭蕉七部集』のはじめを飾るものとなった。

初めて出会う名古屋の町衆は皆町の大商人、医師などであり芭蕉としても初めての彼らと歌仙を巻くには、意気込みと共にある種の緊張もあったであろう。

『冬の日』冒頭の歌仙をみてみよう。

笠は長途の雨にほころび、紙衣はとまりとまりのあらしにもめたり。侘びつくしたるわび人、我さえあはれに覚えける。昔狂歌の才子、この国にたどりし事を、不図おもひ出て申し侍る。

狂句

こがらしの身は竹斉に似たる哉

誰そやとばしる笠の山茶花　　野水

この受け方で《山茶花の散り掛かった笠をかぶった風流なお方はどなたですか》というお

互いの初対面の挨拶が交わされたことになる。

談林的言葉遊び、『みなし栗』の漢語調、脱俗的気分、などとはかなりかけ離れたものとなっている。

これは名古屋の連衆は皆実業をいとなむ町衆であり、『みなし栗』にあった其角らの脱俗的気分とはとおい世界に住む人々であったことにもよろう。人々と共に巻く歌仙は、その集団の性格を反映するものであるから、若い人々や武士なども多い江戸と名古屋での歌仙ではそれぞれの違いが現れでているのである。また、全体を見渡して芭蕉がどのように歌仙を進めて行くかが大きな要素となるのであり、全体的により日本の古典や物語の情趣に近く、また現実感を伴うものになってきている。

…………

まがきまで津浪の水にくずれ行く　荷兮

仏食ふたる魚解《ほど》きけり

巻二

うれしげに囀る雲雀ちりちりと

真昼の馬のねふたがほ也　野水

巻三
おかざきや矢矧の橋のながきかな　杜国
…………
巻四
霜月やかうのつくつくならびいて　荷兮
冬の朝日のあはれなりけり
巻五
…………
水干を秀句の聖わかやかに　野水
山茶花匂ふ笠のこがらし　羽笠

第五巻の挙句は第一巻の立句を受けたものとなっている。
全体として彼ら町衆の教養や現実を反映したものになっているということができる。
また、熱田でも歌仙を巻いている。

尾張の国あつたにまかりけるころ、人々師走の海みんとて船さしけるに

海くれて鴨の声ほのかに白し　桐葉
串に鯨をあぶる盃　東藤
二百年吾此やまに斧取りて　工山
樫のたねまく秋はきにけり
…………
月細く土圭(時計)の響き八つなりて　工山
棺《はやおけ》いそぐ消えがたの露

このように歌仙を巻いている。ここでは〈海くれて……〉の句の清新な感覚がうまく受け止められてはいないようである。船の上に聞こえてくる鴨の声、波に揺られる船と等しく消えぎえに聞こえる、そのような情景とリズム感から破調になっているのであろうが、その繊細な感じを歌仙として展開するには難しかったようである。しかし、土圭など当時の非常に高価で珍しい精密な道具なども句の中へ歌いこまれており、会する人々の生活状況や、現在までもつながる新しい技術に寄せる嗜好などもうかがわれるように思う。

熱田でもはじめて出会う人々に温かいもてなしを受け、芭蕉庵にひきかえ、しぐるる夜には暖かい夜具に包まって寝《やす》みながら、様々な思いに寝付けぬ時もあった。

草枕犬もしぐるるか夜の声

このように過ごしたのち、十二月二十五日、伊賀に帰った芭蕉には一つの仕事を終わったという安堵感も窺われるのである。

年暮れぬ笠きて草鞋はきながら

東下以来十年以上を経て、この年芭蕉は伊賀で越年をする。

山家に年を越して
子の日しに都へ行ん友もがな

十数年以上を経ての故郷の春、家族ともある種の相互理解を果たし、芭蕉としては久方ぶりに伸び伸びと新しい年を迎えた。若い日に友と連れ立って、都へと山路を越えて遊びに出かけたことが懐かしく振り返られた。

(7)

ゆっくりとふるさとで過ごした芭蕉は気候も暖かくなってから、奈良、京都を通って尾張、熱田と、歌仙を巻きながら、江戸へと戻り始める。

奈良に出る道のほど

春なれや名もなき山の薄霞

伊賀上野の故郷を囲む山々、ひくい山々に薄霞がかかっている。何気ない眼前のありのままの情景を詠んで、春の伸びやかな思いがうかがわれる。故郷でゆっくりとくつろいだ芭蕉の心が感じ取った春の情景であった。

京では三井秋風をたずね歌仙を巻くが、京にとどまることはなかった。

京における蕉風の展開は其角にゆだねられたのである。

大津に出る道、山路をこえて

山路きて何やらゆかしすみれ草

この句のはじめは《何とはなしに何やらゆかし……》であり、熱田ではこの形で、以下のような歌仙を巻いている。

何とはなしになにやらゆかしすみれ草

編笠しきて蛙聴居る　　叩端
田螺わるしずの童のあたたかに　　桐葉

が芭蕉は推敲を重ねて、のちに改めたのである。

木々が繁りあった小暗い山道をひとり歩いてきて、開けた明るい野にでかかったとき、道端に咲くすみれに気づき、人里懐かしい思いを込めた《何やらゆかし》が出たものであろう。推敲の結果、一句の心がいっそう明らかになり、深い味わいを持った句となった。

一歩一歩、自らの句境が定まってくることを芭蕉も感じ取ることができた。

一句一句書き留めることもできず詠み捨てられた矢数俳諧に比し、一句に推敲を重ねることによって、芭蕉はまったく異なる俳諧の風雅の高い展望を示したのである

湖水の眺望
辛崎の松は花より朧にて

琵琶湖を望んでのこの句もはじめの形は、《松は小町が身の朧》であった。小野小町の晩年がよくわからないことに例えたのである。がやはり実景に即した表現に直している。

この句のはじめの形には尚白が「山は桜をしぼる春雨」と下の句をつけている。

この時、このようにして帰りの道を急ぐ芭蕉の跡を、伊賀から追ってきた若者があった。

水口にて二十年を経て、故人に逢ふ

命二つの中に生きたる桜哉

二十年とは芭蕉が江戸へ出る以前も数年間は何らかの理由で逢うことがなかったものであろう。追ってきた若者服部土芳は当時二十五、六歳、二十年前は幼、少年の頃である。狭い伊賀の町で芭蕉は幼少年期の土芳を見知り、また彼も芭蕉に親しんでいたのかもしれない。成長するに従い、その人のうわさを聞き、俳諧をも知るに及んで、ぜひ話を聴きたいと憧れ、文書なども寄せていたものであった。

旅行中であった彼は芭蕉が帰省していて、もう江戸へ向かったということを聞き、旅の荷もとかずに跡を追って来たのである。若い土芳の足は速く近江の水口の宿で芭蕉に追いついたのであった。故郷の幼かった少年が成長し、自分を師として追ってきてくれたことは、芭蕉としても真の喜びであった。桜の大樹の下での感激的な出会いである。

のちに土芳が蕉風俳諧の最高の理論書《三冊子》をあらわし、《不易流行》の実践的性格など緻密な分析を歴史に残したことを思えば、歴史的出会いでもあったと言えよう

また途中、其角の十代の時からの詩文の師でもあり、少年時の其角の精神形成に多大の影

響を与えた大巓和尚の死を知り、其角に追悼の句を書き送った。

梅こひて卯花拝むなみだ哉

帰り道も熱田などで歌仙を巻き、杜国におくるとして一句を残している。

白げしにはねもぐ蝶の形見哉

その後は天和三年、火災後の身を養っていた甲州を廻り、その際の感謝を述べて句を贈った。一昨年のことであり、家屋敷も余り変ってはいなかったが、芭蕉には遠い昔のようにも思われたのであった。

行く駒の麦に慰むやどり哉

山賎のおとがい閉るむぐらかな

卯月の末、庵に帰りて旅のつかれをはらすほどに

夏衣いまだ虱をとりつくさず

年をまたいでの八ヶ月にわたる旅であった。

第四章　送られつ送りつはては木曾の秋

（1）

旅から戻った芭蕉の元へは早速、杉風、李下、素堂らが訪れて土産話に花を咲かせていた。

芭蕉は横になりながら

「嵐雪は宮仕えの身になって他国へ行っているとのことだが、其角はどうしているのかな」

「其角は昨冬の帰国以来体調がすぐれず、この春、箱根の出湯へ湯治に行っているのです」

李下が言った。

「旅中にも再三手紙をよこしたが、具合が悪いとは一言も書いてこなかったが……」

「冬の寒さを押しての旅はさすがにこたえたのだろう。若さに任せて無茶をしよる」

杉風が言った。

「年が明けて養生に努め、是吉などもずいぶん薬湯を勧めて大分良くなったようです」

「若い者に気をつけてもらわねば……。其角が薬湯を飲んでいるとはのう……」と芭蕉は眉をひそめながらも可笑しそうでもあった。

其角は病後療養のため箱根木賀温泉に文鱗、枳風等と訪れたものであった。枳風の供の者は十歳ばかりの子供を連れての賑やかな旅である。

大人に混じり、始めは緊張気味の子供であったが、山路に入るころには人々にも慣れ、珍しさに目を輝かせた。虫を追って草むらに飛び込んでは、「マムシが出るぞ」と叱られ、飛び出したウサギを追いかけ「ウサギ汁をするに惜しいことをした」などといわれて目を見張ったりした。

この旅の紀行『新山家』には、

……われら三人かくある事、温泉ならではまたまれならんなどいいて
所から木の香よければ酒樽の底しらぬまでなりにけるかな

などの歌もある。

鎌倉建長寺にも詣で、「或人の曰、無詩俗了人」と、と前書きして

　　茲に詩なし我に俗なし夏木立　　　　　其角

また、円覚寺には大巓和尚の墓に詣でて

　彼和尚、俳諧に自然の妙を伝え、余が手を牽て鼓うち舞しめたまふより、万たふとき御事を耳に触れ侍る……御名世に勝れ給へれば葬喪し奉る事眼に富り、しかれども生前一盃の蕎麦湯にはしかじと愚集『みなし栗』に幻吁ととどめたる御句をしたへば涙いくそばくぞや

　　三日月の命あやなし闇の梅

　幼年に手を牽かれ鼓を打ち舞を教授されたという其角にとって和尚は芭蕉に劣らぬ師父であった。『新山家』には、前年芭蕉が送った書簡文、追悼句も載っている。若い其角にとっても半年以上にわたる旅は体力を消耗させた。芭蕉にとっても、しばらくは旅の疲れを取り、体力の回復に努める日々であった。

が、その間にも無事の江戸帰着を知らせ、尾張、伊賀などの人々への礼状を書き、また留守中の江戸の人々の動静や、俳諧の現状、『冬の日』、『春の日』、歌仙について江戸の門人との講評などやるべきことが多々あった。

この貞享初年頃から、俳諧はやすらかな優美な現実感を伴った句が主流となってくる。『冬の日』はその流れを決定付けるものとなった。

引き続いて荷兮らが出版した『春の日』は歌仙三つと発句などの短いものであったが、芭蕉と巻いた『冬の日』の歌仙に俳諧の眼を開いた彼らが相集って俳諧に興じようという意気込み、楽しい思いがあふれている。

曙見んと、人々の戸叩きあひて、熱田の方にゆきぬ。渡し舟さわがしくなりゆく比《ころ》双松のかたも見えわたりて、いとのどかなり、……

二月十八日歌仙

春めくやひとさまざまの伊勢まいり　　荷兮

桜ちる中馬ながく連　　重五

…………

弟も兄も鳥とりにゆく　李風

三月十六日

蛙のみききてゆゆしき寝覚かな　野水
額にあたるはる雨のもり　旦藁
…………
山は花所のこらず遊ぶ日に　冬文
くもらずてらず雲雀鳴くなり　荷兮

芭蕉翁を宿し侍りて
霜寒き旅寝に蚊帳を着せもうす　如行

芭蕉翁をおくりてかへる時
この比の氷ふみわる名残かな　杜国

野ざらしを心に旅立ったのではあるが、尾張の人々の温かいもてなしを受け、俳諧に豊かな収穫を得た旅でもあった。

(2)

六月二日、芭蕉は商用で江戸へ出てきた出羽尾花沢の清風を迎えて、小石川で百韻の興行を行う。連衆は芭蕉、清風、嵐雪、其角、才丸、コ斎、素堂である。

帰国後『𧏛集』を出した其角、『冬の日』『春の日』歌仙の芭蕉の旅の成果を問われる百韻である。

涼しさの凝りくだくるか水車　清風
　青鷺草を見越す朝月　嵐雪
松風のはかた箱崎露けくて　其角
　酒店の秋を障子あかるき
…………
声なくてさびしかりけるむら雀　其角
　出る日はれて四方しずかなり　才丸
花降らば我を匠と人や言ん　コ斎
　さくらさくらの奥深き園　執筆

夏の間は余り遠出もせず、その後草庵を訪れた清風と歌仙を巻いたりしたくらいであった。『新山家』の刊本を持って其角が尋ねてきたのは暑い日も傾き少し涼しくなったころであった。

「日ざかりをすこしよけてまいりました」

草稿のときからその大略をすでに聞いており、文鱗、枳風との気のあった楽しげな旅の様子は飾らぬ文章にも現れていた。上京の旅は若い其角にも大きな収穫をもたらし、其角は俳諧に邁進せんとの思いを一層強めていた。其角自身の門人といえる人々が周囲に集まり始めていた。

戦乱の時代も遠くなり、庶民の平和な日常生活が確立されるにつれ、現実の中から新しい風雅や詩心の発見がなされるようになった。

実作者として芭蕉や其角はその流れの先頭を切り開いたといっても良い。そして旅は非日常の眼による日常生活の再発見でもあった。上方旅行で出会った人々、風景、京の寺々、旅宿のたたずまいなど二人の話は尽きなかった。

其角は京で出会った去来について、「ぜひお会いになられませ。江戸への来訪を再々手紙でお願いしておりますが、あちらも是非にとの事ですが、なかなか忙しい模様でもあります。……長崎の唐人の話などはあのお方からでなくてはうかがえぬものです……」

「ぜひ聞いてみたいものだ。他言できぬものもあろうし……。『冬の日』を出版した荷兮などにも会ってみたが良かろうよ。皆々、俳諧に志深くして、その真奥を極めたいと願っておられる方々だ。また大津で徒然草の講釈をしている僧にもであった。江戸へ出たらぜひ尋ねてくるよう約してもきたよ。……路通といってな」

芭蕉は立って素堂の跋文を添えた『野ざらしのたび』の草稿を示した。

「このような旅の記をまとめたり、尾張の方々に手紙をしたためたりしてしばらくは暮れてしまいそうだ。月見の歌会も今年は草庵で過したいと思う」

「さようですか。月見の会はいたされませんか」其角は何か考えをめぐらすようであった。

「昨春の近江での御句、〈から崎の松は花よりおぼろにて〉について、この句に切れ字がないという人がおりましたが、いかがでしょうか。私は〈哉〉より〈にて〉に湖一望の風景明らかにして、花の中にある松の姿が一層鮮やかなりとかんがえますが……」

「うむ。あれはただ、眼前に見えたままを言うただけよ」と芭蕉は言葉すくなであった。

其角にそのような指摘をしたのは西鶴であり、「桃青は全身これ俳諧なるものなり（だからあのお方の俳諧に間違いはない）」という其角の返事に西鶴はそれ以上は返さなかった。が其角はその後手紙で芭蕉に尋ねもしたのであったが、この機会に確かめておきたかった。

が、当の西鶴は貞享初年には「このごろの俳諧の風情気に入り申さず候故やめ申し候」と浮世草子の執筆に傾注していくのである。談林風の風刺、滑稽を主眼とした俳諧はこの頃から全く主流を外れたものとなっていった。

久方ぶりにさまざまな話にふけり、月の出を待って其角は帰っていった。

またこの頃、伊賀の身内から江戸へ出て武家奉公などの道を求めたいという相談も届いていた。俳諧における芭蕉の評判や、尾張、京の人々との交遊などを知って、それらを頼れるものと考える伊賀の親族とのやりとりは面倒なものでもあった。

秋の夜、芭蕉は期待に添えないわが身を嘆きつつも兄半左衛門に宛てて手紙を書いた。

……かれらが事までは拙者などとんぢやくいたすはずにても御座なく候へ共、一はあねの御恩有り難く、二、大慈大悲の御心忘れがたく、色々心を砕き候へ共、身不相応のこと調へ難く候。其の身四十年余、寝てくらしたる段、各々様能御存知にて御座候へば、兎も角も片付く様の相談ならでは、調ひ申さず、さてさて慮外計り申し上げ候。御免忝かるべく候。

「翁もまた色々ご苦労されておられるようだ」

「お身内の方も江戸へ尋ねて見えるかも知れぬとか……」

近くに住むコ斎なども言っていた。

桃印のその後のことなど古くからの江戸の門人には伝わっていたが、遠く離れている伊賀の人々には伝わりにくいものがあった。

この年後半、芭蕉はそれらの相談や旅の紀行の執筆やらにおわれ、恒例となっている名月の歌会もせず、菊の節季にも特別の句づくりもできなかった。一方、其角は九月十四日暁の夢に鎌倉鶴岡八幡宮に詣でる。そこで突然の時雨に出会い、社殿に駆け込んで咎められ、一句詠んで許されるという夢であった。

松原のすきまを見する時雨哉

由比ガ浜の海と見やるると松の葉末に海風が吹きわたりて、波と空とのわかるるように思われて、夢中に作したものであった。其角は翌日早速深川八幡宮に詣で、その足で近くの芭蕉庵にやってきた。

菊の節季も過ぎたがまだ白や黄色の小菊は多く草むらに咲き残っている。芭蕉は相変わらず旅の記などをひろげて、色々案じているようであった。

「朝早くから珍しいな、どうかしたかね」

芭蕉は笑いながら顔を上げた。

「実は昨夜の夢に鶴岡八幡宮に詣でまして……。これもなにかのしるしかと深川に詣でて参りました。その夢中に一句詠みましたのでいかがかと……」と其角は示した。

「ほう、このような口清き姿の句は、うつつの時は出にくいものだろう。すっきりした句である」

「句のことをいつも案じている真実が現れたものか……夢の中では何の苦労もせずに良き句ができますな。だが説明しないとなんのことやらわかりませんかな」

などと二人は気楽に語り合ったのである。

伊賀の身内のものも芭蕉の手紙に江戸暮らしの夢をあきらめたようであった。

目出度き人の数にも入らん年の暮れ
秀句の市に出ずる松売り　蚊足
暁を足結ふ馬の友ぼえて　去来

その年暮れに作り貞享三年の其角引付にのる句である。去来は京から俳諧に打ち込むという同じ心を其角に寄せたものである。

野ざらしをも免れ、思いのほかの人々の歓迎にも出会い、『冬の日』『春の日』の発刊もなされ多くの高い評判をも得る。「目出度き人……」と周囲からは数えられるのであろうと、自らを振り返ってみた芭蕉であった。

(3)

明ければ貞享三年である。

江戸に芭蕉、其角という二人がそろった正月、蕉門連衆十七人の百韻が興行される。当時俳諧といえば連歌が主であり、そこにおける前句へのつけ方、付け合い、句の流れというものが俳諧の中心問題であった。それはともに一座してその場の雰囲気、流れなどを共有しながら微妙な呼吸を摑んでいくものでもあった。

「枳風、文鱗等も私の話だけでは納得いきかねることも多々あり、ぜひ直接に歌仙を巻きながらお教えを乞いたいと望んでいます。年が明けましたら席を設けるようにいたします」という其角との前年からの約束であった。

芭蕉は杉風と連れ立って晴れてはいるが強い風の中を両国橋を渡って行った。前方には雪をいただいた富士山が青空に美しい姿を見せている。足元の隅田川には、荷を積んだ船が船縁ぎりぎりまで重そうに水に沈みながら幾艘もゆききしていた。

「この船を見ても江戸の繁華になっていることは、また一昨年の春には比べ物にならない」

「年々、前年よりは物や人の往来が激しくなっております。今日の御連衆にも初めてお会いになる方も多くおられるでしょう」

「其角の下へも若い門人が集まっているようだね」

「年配のものもおります。皆其角の話を聞いて、なお一層芭蕉翁に直接教えを受けたいと願っておられますよ。今日は大勢集まっていることでしょう」

霜解けの道のぬかるみに気をつけながら、二人は歩いていった。

江戸帰郷以来、其角は体力の回復にも努めながら、熱心に門人らの指導を行っていた。印刷技術の進歩や、情報伝達の速さなどにより俳諧の変転もまたすさまじかった。参加する人々が増えるにつれても、その内実は変化してくるのであった。

芭蕉たちが到着したときは他の人々はそろって緊張した面持ちを並べていた。江戸蕉門の到達点をも世に示そうという意気込みに始まった百韻である。

日の春をさすがに鶴の歩みかな　　其角

其角の巻頭句が示されると「ほーっ」という溜息が一座からもれた。

普通「春の日」というべき表現を「日の春」と言い切ったところに其角特有の言語感覚が見られ、「さすがに」という使い方も華麗で蠱惑的ともいえる鶴の独特の歩みをいっそう華やかに引き立て、力強い印象を与えた。短い中に技巧を凝らし、其角の個性が現われでた句である。

「其角の手ぶりである」と芭蕉は言った。文鱗は頭をたれて考えていたが、余り間をおかず

砧に高き去年の桐の実　　文鱗

芭蕉はうなずきつつ「桐の実と見付たるところ新しき俳諧なり」
第三句は文鱗とともに木賀温泉に出かけた枳風がつけた。

雪村が柳見に行く棹さして　　枳風

興行は昼食をはさみつつなお続き……

連衆くははる春ぞ久しき　　挙白

と目出度く終わったときは日はもう暮れかかっており、夕食が用意された。食事を挟みつつも一座の緊張は続き、

「ぜひこの各句について御講評をいただきたい」という声があがった。

芭蕉はうなずき、筆を取りながら巻頭句から講評を加えていった。張りのある少し高めのその声はよどみなく続き、歌仙の展開中に彼がすべての句について作者の意図や感情の流れ

などを摑み、句の有機的ともいう移り行きを評価し、作者の個性、力量なども把握していたことを示していた。

文鱗、枳風などもあれかこれかと迷い、随分苦心したところなどを、芭蕉が如何に細かく見抜き、高く評価してくれているかをも感じたのである。

巻頭句には「元朝の日の花やかにさし出て、長閑に幽玄なる気色を鶴の歩にかけて云つらね侍る。しかも祝言言外に顕る……」

脇には「……梧桐遠く立て、……枯れたる実の梢に残りたる気色……言葉細やかなり……元朝、梢は猶冬めきて、木枯らし其儘なれども、ほのかに霞、朝日の匂い出て、うるわしく見え……」

第三句「……雪村は画の名筆なり。柳を書くべき時節、そこの柳を見て書かんと、自ら舟に掉さして出たる狂者の体、尤も珍重也、桐の木立たるより画師を思い出たる趣向、詠みよう奇特に……」

若い連衆たちは休みなく続く的確な芭蕉の言葉に驚きとともに俳諧にかける疲れを知らぬ情熱のほとばしりを感じて、眼を見開いて聞き入っていた。

「もう夜もふけて参りましたから……」という杉風の言葉で五十韻までの評釈で終わったのであった。

新しい門人たちは日ごろからの其角の言葉「わが翁は俳諧の神のごとき人」を実感し其角を通して芭蕉の門人でもあることに、改めて誇りと満足とを感じたのである。江戸蕉門の新たな広がりと底力を世に知らしめた百韻であり、其角門といわれる人々の集団も明らかになってきたのである。

（4）

「翁も昨年旅から帰られてからは、思いがけずお身内のことなどで悩ましくしておられたし、その後旅の紀行をまとめたり、やはり昨年もほっとされる間もなかったろう」

「正月の百韻の評判は大変なものだし、其角の立句や師の講釈についても、初めてのものは『自らも気づかぬ心のうちを言い当てられたようだ』と話しておった」

あちこちに藪椿、水仙、また野の花が咲き始めている穏やかな春の朝であった。

「この深川へ来る道々は広々して心が晴れるが、またしばしば翁に叱られに来るようでもある」と笑いながら、李下は仙化を振り返った。

「今日私は近頃作った句を見ていただこうと思うのです」

仙化が云った。

「〈いたいけにかはずつくばふ浮葉哉〉というのですが……」

「ほう、小さな葉っぱに小さなかはずが這い上がって、揺れているところだね。この深川中に、これからかはずが鳴きたててくるなあ」李下が穏やかに言った。

「前々年のかはずの発句以来、皆改めてかはずを見直し、注目して句を作ったようだ。私もかはずの句を作ったが、……〈蓑売りが去年より見たる蛙哉〉というんだが……」

「ああ、春になって、去年のかはずに庭の片隅で私も出会いましたよ。冬の間寝て暮らせるんだから、全くうらやましいかぎりだ……」李下が笑いながらうなずいた。

春の暖かい日差しに誘われたように、草庵には素堂やコ斎らも座りこんでいた。

「是はうまそうな匂いだ」

「お前たちはいいところへ来たな。うまいあさりをやまのようにいただいてご相伴に預かるところだ……」

芭蕉は立ってかまどの前の孤屋に声をかけた。

「もう二人、お客さんだ」

「匂いに牽かれてまだ見えるかもしれませんな」

昨年から草庵に顔を出すようになった越後屋両替屋の手代孤屋が切れ長な目を上げて、物柔らかに受けた。

「百韻の講釈をして以来しばらく顔を見ていないので、其角なども来るかもしれん……」

「今日は仙化と道々、かはずの発句を話していたのですが……先年の御句以来、かはずを改めてよく見つめるようになりました」

「其角はあの晩、蛙の発句をつくったと話しておったよ……」

「ここかしこ蛙鳴く江の星の数……ですな」李下が言った。

彼らが話しながらアサリの汁をすすっていると、ちょうど其角が背の高い文鱗と連れ立ってやってきた。

「今日はにぎやかだのう。これはうまそうだ。ちょうどうまい酒を持ってきたので……」

「今、李下や仙化の蛙の発句について話していたところよ……」

「私も作ったが……先日のひどい雨の宵にな、〈雨の蛙声高になるも哀れ也〉……さ」

素堂が言った。

「私にもありますよ。〈泥亀と門をならぶる蛙哉〉」

文鱗が笑いながら云った。

「ほう、これは面白い。蛙の句が続々出てきそうだ。蛙の発句合わせをしてみたいな。句合わせをするというて声をかければ、四、五十句はすぐに集まるだろう」

「古池やの句に番えられる句がありましょうか」

仙化が其角を見た。

「今聞いた仙化の句がちょうどいい。……勝負は問題にはせず……さ」と其角は笑った。

「皆に声をかけてみましょう。あれ以来皆蛙が気になるようで、いくつか蛙の句を見ております。持ち寄ってみましょう」


蛙合せの当日は少し雨もよいの肌寒いような日であったが、草庵の近くに住む素堂、コ斎、曾良、宗波そして李下、仙化、其角、嵐雪、嵐蘭、破笠、杉風、文鱗、孤屋など十四、五人もの人々が集まり、狭い草庵はいっぱいであった。『野ざらしの記』に彩色を施し、甲子吟行絵巻に仕立てた大垣藩士の濁子もいた。

「京の去来も早速句を送ってくれましてな。皆それぞれに工夫してよい所に目をつけている。等類と思われるものは全く見当たらない」と芭蕉は微笑みながら言った。

「心を込めてよく見れば、蛙だけでもこれほどのさまざまな発句が生まれるということで、改めて俳諧の奥深さを知りました」孤屋が生真面目に言った。

その日は一日和やかな笑い声がたえなかった。古参の其角、嵐雪、嵐蘭等と新しい門人文鱗、孤屋、近くに住むコ斎、曾良などが入り混じって飲み食い、しゃべりあった一日であった。

一句一句披露されるごとに「おう」という声があがり、「なるほど」と皆が感嘆し、誰かの判詞に笑い声が上がるという風であった。俳諧が一層自分たちの日常に身近なものとなり、しかもそこに新鮮な情趣と感興を呼び起こすものがあることがお互いに納得された。

何処にでもいる身近な生き物である蛙、その生態をよく見つめることによって、一歩、連衆の俳諧が高く広い世界に突き進んだことが確かめ合えたのである。

「松のことは松に習え、竹のことは竹に習え、と師の言われたことが、いまさら私には胸に落ちました」帰る道々仙化が云った。

「蛙のことは蛙に習えだ」

「そのように思えば、森羅万象全てのものが、俳諧の道に私を導いてくれるものと見えます」

暫く俯いてくさむらの多い凸凹の夜道を歩きながら仙化は続けた。

「今日の事を『蛙合せ』として刊行しては……と思うのですが……」

「それがいい。今日各々の言葉を書きとめていた仙化がまとめて刊行するがいいさ。仙化に控えさせたのは翁もそう思われたからだろう」

「そうでしたら、こんな名誉なことはありません。私は早速今夜から取り掛かり、纏まりましたらお眼に入れます」日ごろ物静かな仙化が声を弾ませ、其角に云った。

貞享三年閏三月仙化編『蛙合』が刊行された。

第一番

古池や蛙飛び込む水の音

いたいけに蛙つくばふ浮葉かな　仙化

このふたかはずを何となく設けたるに四となり六と成て一巻にみちぬ。かみに立ち下におくの品、をのをのあらそふ事なかるべし。

雨の蛙声高になるも哀也　素堂

泥亀と門をならぶる蛙哉　文鱗

小田の蛙の夕暮れの声とよみけるに、雨の蛙も声高也。右汚泥の中に身を汚して、不才の才を楽しみ住る亀の隣のかはづならん。門を並ぶるといいたる、尤も手ききのしわざなれども、左の蛙の声高には驚かれはべる

木のもとの氈に敷かるる蛙哉　翠紅

妻負いて草にかくるる蛙哉　濁子

飛かふ蛙、芝生の露を頼むだにはかなく、花みる人の心なきさま得てしれることにや、

つまおふ蛙、草がくれしていか成人にか探されつらんとおかし、持

よしなしやさでの茶とゆく蛙　嵐雪
竹の奥蛙やしなふよしありや　破笠

左右よしありやよしなしや

山の井や墨のたもとに汲む蛙　杉風
尾は落てまだ鳴あへぬ蛙哉　蚊足

水汲む僧のすがた、山の井のありさま……さながら目に見ゆるここち……右日影あたたかに、山田の水ぬるく……かえる子のやや大きになりたる景色……時にかなひたらん……持となす

堀を出て人待ちくらす蛙哉　卜宅
釣得てもおもしろからぬ蛙哉　峡水

この番は判者、執筆ともに過日を倦で、我を亡るるにひとし。而して以て判詞不審　左かちぬべし

うき時は蟇の遠音も雨夜哉　　曾良

曾良の句には其角の句が番えられ、きさらぎの夜の情景が述べられている。二十番四十句、四十人の蛙合わせであった。

彼らの俳諧が古典などの知識を内に蔵しながらもそれに捉われず、それらを充分に自身の血肉として、自分たちの日常生活を見つめ、そこに風雅の種を見出してゆく。このような道筋の豊かさを、四十句という蛙の生態を描き出した発句によって、江戸蕉門の人々が世に示した句合せである。

また、芭蕉はこのころ行脚修行に上京する宗波、鉄道二人の僧を二、三日休息させてほしい旨、知足に書き送っている。門人、周囲の人々にもさまざまな気を配っている芭蕉であった。

秋八月は其角らと隅田川に船を浮かべて月見の会を催す。

雲おりおり人を休むる月見かな

門人たちと久しぶりに月見の会の酒肴を楽しむことができた。

冬に入り、富士の秀峰を望み眼前に隅田川を行く船を見送るという芭蕉庵の雪景色を何とか句に詠みたいものと、芭蕉は初雪を待ちかねていた。その日も浅草に出かけていた芭蕉は、空が曇ってきたのであわてて人を掻き分けるようにして走り戻った。寒い日であったが雪にはならなかった。

十二月一八日、朝からどんよりと曇った空は、昼過ぎから待ちかねていた雪となり、夕方にかけて激しくなった。

芭蕉は、体の冷え切るのもかまわず外に出、蓑を着て川岸を歩いたりしたが、雪はいつか夜の闇に沈んでしまい、キーンと音がするほど冷え切った頭の中に雪景色の句は浮かんでこず、かわりにこんな句が浮かんだばかりである。

初雪や幸ひ庵にまかりある

この句を喜ぶのは其角くらいかもしれんなどと芭蕉は思いながら句をしたためた。

翌朝雪はもうやみ冷たい風の中、白銀の上に彫りこんだような青空が広がっていた。雪の表面は朝日に鋭くきらきらと光っていたが、土を覆い隠すほどではなかった。

初雪や水仙の葉のたわむまで

思いのほかのやさしい句が出来上がった。

また再びの雪の日には近くに住む曾良が夕餉に芋の煮ものなどを持ってやってきたりした。

芭蕉は気軽に外に出、

君火を焚けよきもの見せむ雪まるげ

などと戯れ遊んだりした。

冬の夜、一人寝の草庵に鋭いかもめの声が聞こえる。それは寒い布団に包まって物思いにふける芭蕉の友であった。

水寒く寝入りかねたる鷗かな

あら物ぐさの翁や、日頃は人の訪ひくるもうるさく、人にも見えじ、人をも招かじと、あまたたびこころに誓ふなれど、月の夜、雪の朝のみ、友の慕はるるもわりなしや。物をもいはず、独り酒飲みて、心に問ひ心に語る。庵の戸おしあけて雪を眺め、又は盃をとり

て、筆を染め、筆を捨つ。あら物狂ほしの翁や

酒飲めばいとど寝られぬ夜の雪

月雪とのさばりけらし年の暮

この年、深川の草庵で江戸の門弟に囲まれ風雅に生きる日々を過したのである。

子を持たばいくつなるべき年の暮　　其角

まるで芭蕉と立場を逆転したような句を詠んでいる。あの時に子を持っていたならばという具体的な事実をも思わせる強い感慨を伴った句である。

其角は独り身、二十七歳である。

(5)

貞享四（一六八七）年の春となった

正月は嵐雪の妻が仕立ててくれた薄茶の小袖に袖を通した。

誰やらが形に似たり今朝の春

嵐雪は昨年妻を娶り、その妻から小袖を贈られたのである。嵐雪の最初の妻は下層の遊里の女であったが早くに別れ、また娶った今度の妻も遊里の出であった。がまた一層の美女であると門人たちは言っている。姿かたちが粋で美男の嵐雪と美女の妻が、並んで浅草を歩いていると、人が振り返ったと、嵐雪は自慢していると破笠らのうわさであった。

芭蕉は下ろしたての小袖を着て、ふふっと笑いながらそんな話を聞いていた。

気晴れては虹立つ空かよもの春　其角
一嵐音吹きかへよ門の松　嵐雪

尾張の知足に新年の挨拶とともに書き送った三句である。

昨年冬其角の招きに応じて京の去来が江戸へやってきていた。野には青草が伸び始め空には雲雀がなき、おたまじゃくしはぬるい水溜りに泳ぎ始める。深川の春は真っ盛りであった。其角は去来、嵐雪と連れ立って芭蕉庵へやってきた。

「江戸は広々して山もなく、大河あり、海は近く深川の野はまた広く、実に気が晴れ晴れします。道々何を話しても鳥の声が答えるばかり、まことにのどかで、三人大笑いしているうちに、此処まで歩きつきました」と去来は笑った。

一見太り気味で重々しく見えるが、数日滞在した其角の家でも家人達が余り忙しそうにしていると、立ち上がって、あっという間に、薪割りでも何でもやってのけてしまうという去来であった。生き生きと動く眼はいつも笑っているように明るく光っている。

去来を迎えて最高の条件で歌仙を巻きたいという其角らのこころづもりであった。

「南窓一片春」という題があげられた。

久かたやこなれこなれと初雲雀　去来
旅なる友をさそひ越す春　其角
からばかす桜の庵はき置きて　嵐雪
よろしく長き一瓢の酒
月はれてともし火赤き海の上
…………
鼻つまむ昼より先の生魚　去来
あわづにまけぬくしの有さま

縄されて架木に咲ける花かろく　其角
遊ぶ思案のわけてのどけき　嵐雪

久しく待たれていた初雲雀の声がします、という去来の挨拶、芭蕉、其角、嵐雪の句もそれぞれ友を迎える楽しい思いがあふれている。挙句も江戸の楽しさをどうご覧に入れましょうという交遊の喜びのかんじられる歌仙となった。

が、この旅で去来は余りゆっくりしてはいられなかった。仙洞御所に勤める医師の兄元璋にとって、去来の手助けが必要である。

この四人の同席した歌仙は残っているのはこの一巻のみである。遠くはなれそれぞれおおく旅に過した彼らが出会うことは簡単なことではなかったのである。

そしてまた、この年四月八日、寝付くこともなく、突然、其角の母が亡くなってしまった。去来の江戸滞在が短期間であったことはこのようなことが影響しているかもしれない。

延宝期以来の芭蕉らの支持者、風流大名として知られた磐城平藩主内藤風虎の息、露沾をはじめ芭蕉などの心のこもった追悼句、歌仙がある。

四月八日ははのみまかりけるに
身にとりて衣かへうき卯月哉　其角

五七の日追送会
卯花も母なき宿ぞ冷しき　其角
香消のこるみじか夜の夢　嵐雪
色々の雲を見にけり月澄て

各悼
卯花に目の腫れ恥ぬ日数かな　露沾
蚊のあとをみれば悲しき別哉　枳風
蚊遣にはなさで香たく悔み哉　去来

医家である東順が堅田藩の藩医を辞してからも、町医としての仕事は残った。医家の妻としての様々な務め、患者とのやり取り、薬草を育て、収穫、乾燥、粉に引いたり煎じたりなど、学僕の是吉や下働きのものなどを督励し、弟妹達の世話をしながら、母は一日中忙しく心を砕いていた。

長子として、また本草学など医家としての基礎的学問を積み、十二歳で『伊勢物語』を書写して藩主の褒美にあずかるなど、神童とうたわれるほど才能に恵まれ、当然父の後継として望まれる立場にありながら、其角はその道を放擲してしまった。十四、五歳から遊里に遊び、一介の俳諧師になってしまったのである。母の望みについに従い得なかった其角である。口にはしないが、深い心の痛みは消えぬままであった。

其角は母の喪に服しており、五月雨のころになると芭蕉庵を訪れる者もやや少なくなった。芭蕉は近頃其角が伺候している露沾公の屋敷に招かれ、俳諧について考えを求められた。

下屋敷で気楽な姿でくつろぎながら、

「日頃和歌、俳諧となんとなく詠み習はしてはいるが、その求めるところはどうも違うように感じられる。そのあたりについて教えを乞いたいと思ってな……」

「では、自句ながら、〈五月雨ににおの浮巣を見に行かむ〉という句をもって申し上げましょう」と芭蕉は言った。

「降り続く五月雨をもついて、早速に自ら見に行かむというところが俳諧であります」

現実に行動し、その体験や事実に基づくこと、これが芭蕉が切り開いた蕉門俳諧の道であった。

露沾やそばに仕えるやはり門人の沾徳、露荷などもうなずきながら聞いていた。そしてこのような俳諧に於いて、新しい風雅を見出すためには旅に出るということは必然の選択であったともいえよう。

髮生えて容顔蒼し五月雨

人々にもあまり会はず、草庵でひとり過していると、芭蕉は俳諧を思いつめて我ながら、風流の狂者じみてもくるのであった。

長雨も過ぎ暑くなると、杉風は夏の帷子を届けてくれる。

いでや我よき布きたりせみころも

また珍しく嵐雪が自ら描いた朝顔の絵に賛を求めてきた。

「画は多賀朝湖（英一蝶）にも手習っていた其角とどっちがうまいのかね」などと言いながら

あさがおはへたの書くさへあわれなり

「この画は上手が書いて猶あわれでしょう」などとまぜっかえして礼をいい、嵐雪は帰っていった。

八月の月見を芭蕉は江戸から程近く、創建されてまだ新しい鹿島神宮参詣を兼ねて眺めることを思い立ち、曾良、宗波を伴って舟で深川を旅立つ。

行徳に出、そこから陸路を利根川河畔布佐まで歩き、また利根川便船で鹿島へ出た。深川臨仙寺の仏頂和尚は鹿島根本寺の隠居所にあり、ここに一宿する。

この夜は雨模様の一夜であった。

　月はやし　梢は雨を持ちながら
　寺に寝て　まこと顔なる月見哉

創建間もない神宮は京などの古い寺社と違って、鮮やかな彩であったが、芭蕉は神社に詳しい曾良の説明をうなずいて聞くのみで句はなかった。

神前の巨大な松ノ木を見

　この松の実生えせし世や神の秋

秋に入っても其角は余り顔を見せない。たまにやってくる破笠によると、嵐雪は美女の妻と折り合いが悪く、喧嘩が絶えないという。日頃何事にも冷静で、余り大声もださない嵐雪が怒りに任せて怒鳴り、妻も負けずに言い返し、近所に響く罵り合いになるという。果ては嵐雪は妻を叩いたりして家を出てしまい、破笠の家などを泊まり歩いているということだった。

「嵐雪は女に家を取られた」と言う者までいた。芭蕉は眉をひそめてそんな話を聞いていた。

蓑虫の音を聞きに来よ草の庵

破笠に句を持たせた数日後の夕ぐれ、嵐雪が一人でやってきた。

「破笠にあったかね」

「だから来ました」

嵐雪はぶっきらぼうに云った。着ているものも夕暮れに少し寒げであった。

芭蕉はふっふっと笑い
「うまい酒があるよ。飲むかね」

「今日はいいです。蓑虫がどこに鳴いていますかね」

「まあ、静かに座っていてごらん。そうすると聞こえてくるのさ」

蓑虫は親を恋ふてちちよ、ちちよと鳴くと書いているのは枕草子である。

二人は黙って暫く座り込んでいたが、「雨になりそうなので……」と嵐雪は帰っていった。

何も音もなし稲うち喰ひていなごかな　　嵐雪

このときの句であり、芭蕉、素堂、嵐雪がそれぞれ句文をつづっている。

芭蕉はまたこのころ自筆本「あつめ句」にここ二、三年の句をまとめて、自句の検証を試みた。

花みな枯れてあわれをこぼす草の種
よく見れば薺花咲く垣根かな
起きよ起きよわが友にせん寝る胡蝶
花の雲鐘は上野か浅草か
永き日も囀りたらぬ雲雀かな
原中や物にもつかず鳴く雲雀

これらの句に野ざらしのたびの到達点は定着したということができよう。

一昨年ごろより、尾張、京の去来にもたびたび書き送っていた上京のたびへ、より一層の風雅の進展を求めて、芭蕉は旅立つことになるのである。

（6）

九月、露沾公亭で、芭蕉帰郷餞別七吟歌仙が行われる。連衆は露沾と沾荷、沾蓬、露荷、沾徳など家中のものと芭蕉、其角である。

芭蕉は「秋に立ちて、伊賀に越年し、春は吉野に詣でる心算でおります」と述べた。「お帰りは来年か、どうであろうか」と露沾は微笑み、少し首をかしげていたが、

時は秋吉野をこめし旅のつと　露沾
雁をとも寝に霜風の月

芭蕉の答えに巧みな露沾の句であり、芭蕉も素直に受けている。

十月十一日は其角亭で送別の句座があり、十一吟の世吉（四十四句）が成立した。

旅人と我が名よばれん初しぐれ　由之
亦さざん花を宿やどにして　其角
鶺鴒の心ほど世のたのしきに　枳風
糧を分たる山陰の鶴

前回の野ざらしを心の旅に比べ、同じ初しぐれのころに旅立っても、今回は心に思うのは吉野の花であった。旅人とよばれんという口調に初しぐれにぬれようと自ら興じる心がある。風雅の種をまき、その実りを得ようという明るい期待を抱いての旅立ちであった。
脇の句にも別れを悲しむ思いよりも、旅の前途を祝う心があふれている。旅のみのり多いことを祈り、またそれを期する明るい旅立ちの歌仙となった。

もろこしのよしのの奥の頭巾かな　素堂
木がらしの吹行うしろすがた哉　嵐雪
橋までは供してふまん今朝の霜　仙化
箱根山しぐれなき日を願ひけり　由之
冬かれを君か首途や花の雲　其角

餞別の詩七人、歌、発句三十二人また半歌仙など多数が寄せられ、また餞別の金子、紙子、頭巾、など様々な心づくしの品々を送られる。芭蕉はこれらの詩、発句などを『伊賀餞別』として纏めた。行き先は故郷伊賀であり、伊賀を拠点に道中の尾張、京、伊勢などを廻るつもりであったろう。

留守の深川の庵には誰彼と集まったりし、深川夜泊として

木がらしや夜の木魚に吹きやみぬ　李下

冬枯れの人目にあまる瓢かな　巴風

芭蕉いづれ根笹に霜の花盛り　素堂

十月二十五日芭蕉は江戸をたち、十一月四日、鳴海の知足の家に到着する。前回のたび以来度々の品々、書状の往来など、尤も交遊の深まっている尾張連衆の一人であった。知足は生前日々書き綴った日記の中に、芭蕉の動静、発句、書状などを詳しく書き残している。第一級の貴重な資料を残した醸造業を営む鳴海の町衆であった。

翌五日、早速業言亭で七吟歌仙を行う。連衆は他に如風、安信、重辰、自笑、知足である。

京まではまだ半空や雪の雲
千鳥しばらくこの海の月　業言

六日また同じ連衆で歌仙

めづらしや落ち葉のころの翁草　如風

衛士の薪と手折る冬梅

七日もまた同じ人々と

星崎の闇を見よとや啼く千鳥

船調ふるあまの埋み火　　安信

等と席を変えての連日の歌仙であり歓待を受ける。八日は熱田の桐葉が迎えに来て同道して熱田で歌仙など、尾張の人々は飛脚を使いなどして連絡を取り合い芭蕉を歓迎する。熱田へ立ったときは鳴海の人々は皆送別の句を作って見送る。が九日、芭蕉は尾張の越人とともに知足のもとへ引き返してくる。

三年前野ざらしの旅の時、ともに歌仙を巻いた杜国が家業の米穀商にかかわる空米取引の罪を得て、三河渥美半島の伊良子崎に蟄居していることを知り、慰めるべく訪れることにしたのである。「冬の日」の連衆、その一人でもあった杜国とまた歌仙を巻く事を楽しみにしていた芭蕉にとって、この悲報は思いがけないことであった。

越人はたっても杜国を慰めたいという芭蕉の心に打たれ、案内するため共に引き返したのであった。

置き炭や更に旅とも思われず　越人
雪をもてなす夜すがらの松　知足
海士の子が鯨を告ぐる貝吹きて

知足のもとでは寒さの中、炭を熾した暖かい部屋に通され、また心のこもったもてなしを受け、翌朝越人と共に馬で出立する。

空米取引は将来の損失を少なくするために考え出された先物取引のようなもので、若い杜国はこの取引に関心を持ち、一種の冒険的射幸心から禁じられたこの方法を実行したものであった。このような商取引や計数の面にも明るい芭蕉はすぐに杜国の問われた罪を理解し、哀れの思いを深くしたのである。

まだ二十代半ばの杜国が親子の縁にもあまり恵まれず、父はすでに亡く、継母と幼い弟妹がいるものの、自分同様まだ独り身であることなどを越人は告げた。

大きな米穀商を営み、才能に恵まれた誇り高い若い町衆の一人と見えたが、どこかさびしげな杜国の面持ちは、先年も芭蕉の気持ちを強く惹きつけていた。

「杜国も私には特に兄のように親しんでくれ、色々なことを話してくれていたのですよ。こんなことになるなんて……とても考えられないことです」

道々越人の話であった。海から吹き上げる風に凍えるような旅であった。
霜月十日の夜、吉田の宿に一泊し

寒けれど二人寝る夜ぞ頼もしき
冬の日や馬上に凍る影法師

十一月十二日杜国に会い

鷹ひとつ見付けてうれしいらご崎

杜国は彼の幼いときから家に仕えていたという老僕一人を連れ、小さな家に暮らしていた。二人の姿を見て驚く老僕と杜国、やはり四人胸を衝かれてすぐには挨拶の言葉も出ない涙のひと時であった。

麦はえてよき隠れ家や畑村
冬を盛りに椿咲くなり　越人
昼の空蚤嚙む犬の寝返りて　野仁

罪人である為、野仁として杜国の名を隠した三吟である。杜国を何とか励ましたいという二人の思いの表れた句である。

芭蕉は翌春、花の吉野を共に旅することを堅く杜国に約しあい、越人と共に知足のもとへ戻ってきた。

焼飯や伊良子の雪にくずれけん
砂寒かりし我が足の跡　知足

知足は芭蕉らの旅に、家人に言いつけて温かい焼き飯を持たせ、また杜国にも大急ぎで、生活の糧となるべき品々を用意し、荷をしつらえて馬に乗せていったのであった。

荷兮、野水なども訪れ、杜国の様子にひとまず安堵し、その後はまた熱田、名古屋、岐阜、美濃を巡りながら連日のように歌仙をまく。

熱田桐葉亭の歌仙では

旅人と我見はやさん笠の雪
盃寒く謡ひ候へ　如行

この日芭蕉は心地悪しく、半歌仙で終わるが、それについても見舞いの品を送られたり、礼状を書いたりなどしている。

十二月十三日付の杉風宛書簡には

霜月五日、鳴海までつき、五三日の中伊賀へと存知候へ共、宮、名古屋より鳴海まで見舞ひ、あるは飛脚音信さしつどひ、わりなく名古屋へ引き越し候ひて、師走十三日すすはきの日まで罷りあり候、色々馳走浅からず、岐阜、大垣……隣国近き方へ招き、待ちかけ候へば、先ず春に春にと云いのばしおき申し候。なるみこの方、二、三十句いたし候へば、よき事も出で申さず候。……

旅寝して見しやうきよのすす払

十二月中旬、伊賀上野へ帰省

旧里や臍の緒に泣く年の暮

この年十一月十三日には素堂の序文を添えた其角編『続虚栗』が日本橋万屋から出版されている。入集者百十四名、発句四百七十、歌仙四その他で規模、体裁ともに四年前の前集とほぼ同じであるが、作者については八割ほどが入れ替わっており俳諧の変遷の早さを傍証するものでもあろう。
芭蕉や古い門人とともに其角の門人という人々の句が多くなっている。また名古屋、京の人々の句もあり、彼らも送られてくる本に早速目を通していた。

梅が香や乞食の家ものぞかるる　其角
夕日陰町半に飛こてふかな　其角
寝るこてふ夜よるなにをすることぞ　其角
　世につかはるる身の閑ならぬに
肩衣をやすむる蝶のねふり哉　巴風
妻にもと幾人おもふ花見哉　破笠
啼啼も風に流るるひばり哉　孤屋
菅笠に娜を見せたる田植かな　吼雲
洗濯の袖に蝉鳴夕日かな　杜国
たが為ぞ朝起昼寝夕涼　基角
躍子よあすは畠の草ぬかん　去来
名月や山も思はず海も見ず　去来

何となく冬夜隣を聞かれけり　　其角

貞享期の俳諧の転回を示したやはり蕉風の代表的選集といえよう。其角の母への追悼句、芭蕉への餞別句も含まれている。

(7)

あければ貞享五（一六八八）年は、九月三十日元禄元年となる。芭蕉四十五歳であった。大晦日は、空の名残惜しもうと早速旧友らがやってきて酒肴としゃべり明かして、昼まで寝過ごし曙を見はぐってしまった。

二日にもぬかりはせじな花の春

旅の疲れも故里で友との語らいにゆっくりといえて行くようであった。九日には風麦亭で

春立ちてまだ九日の野山かな

故里の山や野は変わらぬ穏やかな姿で、うっすらした緑の明るい日差しの中に芭蕉を迎え

入れてくれたのであった。

正月は四年ぶりに兄たち一家と過ごし、二月はいよいよ伊勢に向かった。四日、伊勢神宮に参拝し、伊良子崎から船で渡ってきた杜国と落ち合う。前回の再会ではやつれた様子がかくせなかった杜国であったが、少し気を取り直したようにも見え、見慣れぬ旅姿がいかにも若々しかった。芭蕉も心躍らせて杜国を迎えたのである。伊勢の益光亭の八吟歌仙には、杜国も参加し

何の木の花とは知らず匂いかな
こえに朝日をふくむ鶯　益光
…………
短冊のこす瑞垣の春　野仁

と挙句を詠んでいる。
また一有妻園女亭では

暖簾の奥もの深し北の梅
松散りなして二月の頃　園女

十八日には亡き父の三十三回忌を無事済ませる。

また、旧主藤堂蝉吟の嗣子探丸に別邸の花見に招かれ

さまざまのこと思い出す桜かな

春の日はやく筆に暮れ行く　探丸子

このように、伊賀、伊勢などで上野の実家、旧友の庵などに足を休め、いよいよ三月十九日吉野へと出立する。人々は芭蕉と若い罪びと杜国を温かく迎え入れてくれたのであった。

瓢竹庵を出て旅立つ日

このほどを花に礼いふ別れ哉

弥生半過る程、そぞろに浮き立つ心の花の我を導くしおりとなりて、吉野の花におもひたたんとするに、かのいらこ崎にて契りおきしひとの……ともに旅寝のあはれをも見、且は我が為に童子となりて、道の便りにもならんと自万菊丸と名をいふ。まことにわらべらしき名のさま、いと興有。……

乾坤無住同行二人
よし野にて桜見せふぞ檜の木笠
よし野にて我も見せふぞ檜の木笠　　万菊丸

伊賀から、大和、三輪、多武の峰を通って、吉野に入り三宿する。

草臥れて宿借る比や藤の花
雲雀より空にやすらふ峠哉
ほろほろと山吹ちるか滝の音

僧形の初老の男と、少しやつれては見えるが、旅姿の美しい若い男、物静かに語り、懐紙をしたためなどし、互いに相いたわる姿は宿の人々の目にどのように映ったであろう。昔から様々の貴人や落人の伝説にも彩られている歴史の舞台吉野である。

大和の国を行脚しけるに、ある農夫の家に宿りて一夜を明かすほどに、あるじ情深くやさしくもてなし侍れば

花の陰うたいに似たる旅寝哉
声よくば謡ほうものを桜散る

二人きりの旅に興じようという思いがあふれている。

桜狩り奇特や日々に五里六里

花を尋ねるほかに何のあてもない二人はあの花にこの花にと山道を登り、また下っていった。

吉野から高野山、和歌の浦に出て奈良へとむかふ。

一つ脱いで後ろに負ひぬ衣替

四月上旬には伊賀の猿雖卓袋らが奈良まで出てきて、芭蕉らとともに奈良で遊んだ。杜国を慰めたいという芭蕉の思いを受けて、彼らは二人を奈良でもてなしたのである。中頃には彼らと別れ、大阪に出て、旧友一笑と杜国と三吟を行い二十四句でやむ。十九日大阪をたち、兵庫、須磨、明石などを巡り須磨に泊る。

夏はあれど留守のやうなり須磨の月

蛸壺やはかなき夢を夏の月

四月二十五日芭蕉は猿雖に宛てて長文の手紙を書いている。

奈良で彼らに別れた後、

彼らが今頃は伊賀に戻り、……孫どのにみやげねだられておはしけんなど……ふたりかたり慰み、……おもしろきもをかしきも仮のたはぶれにこそあれ、実のかくれぬものをみては身の罪かぞへられて万菊も暫し落涙おさへかねられ候……

などと述べ、また須磨を訪ねては『平家物語』の昔を思いやって、平家の最後の様子などを物語りそのままに書き綴っている。敦盛の石塔では涙をこぼし、四月二十三日京へ入る。以下は杜国が記し、三月十九日伊賀を出て三十四日、道のほど百三十里、此内船十三里、駕籠四十里……峠六つ、坂……山峰……などと旅の記録を書いている。万菊、桃青と連名の手紙であり、万菊の寝姿を鯨の絵にかき、そのいびきがひどくて眠れないと芭蕉は楽しい不平を述べているのである。

その後また大阪に戻り、五月四日歌舞伎見物をし、評判の役者吉岡求馬を見る。当時は近松門左衛門なども大阪で名を顕し始めたころで、歌舞伎、浄瑠璃は大流行している。

がその翌日、求馬は急死してしまう。

花あやめ一夜に枯れし求馬かな
抱きつきて共に死ぬべし蝉のから　万菊

全てを失い蝉の抜け殻のようになった自分は、抱きついて共に死ぬべきであったと杜国は詠んでいるのである。

杜国の句に芭蕉は改めて胸ふさがる思いであった。年若い杜国が今後どのような前途を思い描けるか、青年時に主君を失った自身に比しても、その厳しさは比べようもないものである。励まし慰めたいと願う芭蕉にも言葉がなかったのである。その後京に入り、またの再会を堅く約して、涙をこらえつつ二人は京で別れた。杜国は伊賀に立ち寄り、伊良子崎に戻ったのである。

吉野の旅を経て芭蕉の句にまた一つの変貌が生まれてきたように見える。対象をよく見つめ、事実に即するとして、新しい道を開いた野ざらしの旅、そして今回杜国と二人の楽しくも悲しい二人旅を経て、芭蕉の句は複雑な陰影を帯び始めるのである。

さびしさや花のあたりのあすならう

蛸壺やはかなき夢を夏の月

明日は檜になろうと夢見て生い育つ緑の若木、壺の中に一夜楽しい夢を結ぶ海底の蛸、それは夢がかなえられない運命が待っているのに、それに気づかず一心に現在の夢にふける姿である。けれど人は……、そして自分は……と芭蕉は問はずにはいられない。美しさ、楽しさ、可笑しさの陰に深い哀情の漂う佳句が生まれ始める。

おとついはあの山こえつ花盛　　去来

昨年、「今はとる人もおるまいが、あと二、三年すれば変わるだろう」と評した去来の句が吉野行脚中芭蕉の頭を離れなかった。

喜びの只中にあっても、時の流れの中で、それらが必ず過ぎ去っていかざるを得ないと、常に意識する目を持ってしまえば、現在の楽しさを意識することも、それは失われた過去の楽しさを追憶するに等しいことになってしまう。

杜国との旅の楽しさとはこのような悲しさと共生するものであった。杜国との別離は必定であったのである。

「昨日は過ぎ去り、……明日はいまだ来たらず……」

花の盛りを旅しながらも、芭蕉は常に「おとついはあの山こえつ……」と自らそれを回想する幻影を抱えながら行かざるをえなかった。

杜国と別れ、心身ともに虚脱状態のようになった芭蕉は去来のもとを訪れ暫くの休息を願った。昨春の一別以来の再会であったが、門口に杖を突いて微笑む芭蕉の姿には、あまりに悲傷の色が漂い、出迎えた去来ははっと身構える思いであった。

「いつわたし方へお出でいただけるかとお待ち申しておりましたが、……お疲れのご様子に見えますので、どうぞゆっくりお休みを……十分お休みになられてから、皆様にはお知らせいたしましょう」

「お世話になりますよ。吉野の花を尋ね、須磨明石をめぐりなど、若き日も思い出しつつ万菊と経巡ってまいりましたが、その間中、一昨年の御句が頭から離れないたびとなりましたよ。〈おとついはあの山こえつ花盛り〉」と低く詠じて芭蕉は笑った。

だがその笑顔は、なぜか去来にはむしろ、いっそう悲しさを際立たせたように見えたといってよかった。

江戸や尾張の人々、また芭蕉自身の伊賀からの便りによって、杜国とともにの吉野のたびを、あれほど待ち望んでいた芭蕉がいかに心楽しんできたことかと期待していた去来にとって、思いがけない芭蕉の姿であった。

去来の句は満開の桜の下を、ただ恍惚と歩き続け、その桜の山を出て振り返ったときに、いわば花と一体となって無我夢中ともいう自身を始めて省み、口をついて出た句であった。だが師にとっては、この句がもっと心の内実に迫るものとして受け取られていることを去来は感じた。師にとって花と一体となった恍惚感以上のものが、この旅中にあったことを、去来はおぼろに感じ取ることができたのである。

去来の細かい心遣いの下で、杜国のいびきに悩んだことなど、ぽつぽつと旅の話をしているうちに、芭蕉も少し疲れも癒え、日ごろの笑顔が戻ってきたようであった。

「皆様には昨年からわがままを申しておりましてな……」

たずねてきた美濃の僧己白に従って、五月半ば過ぎ、去来に礼を言いつつ芭蕉は美濃へたっていった。

岐阜、己百亭にて

しるべして見せばや美濃の田植え歌　　己百

笠あらためん不破の五月雨

また己百の草庵に日ごろありて

やどりせんあかざの杖になる日まで

己百のもてなしに感謝する句であろうが、疲れた芭蕉が何らかのよりどころを求めているようにも感じられる句である。

そして五月、六月、七月、八月中旬まで岐阜、大津、名古屋、鳴海などを廻り歌仙などを巻いている。

目に残る吉野を瀬田の蛍かな

草の葉を落るより飛ぶ蛍かな

六月、木曽路のたびを思い立ちて大津にとどまるころとしてこれらの句を詠んでいる。もう蛍の比になっているのに、芭蕉の目にはまだ吉野の花と杜国の面影が残っているのである。

稲葉山の鵜飼へといざなひ申されしに

鵜のつらに篝こぼれて憐也　荷兮

声あらば鮎も鳴くらん鵜飼舟　越人
おもしろうてやがて悲しき鵜舟哉

芭蕉の句は今回の旅を象徴するような句となった。面白いことがそのまま悲しいことなのであった。面白ければ面白いほど悲しみも増すことになるのであった。

五月ごろの江戸帰国の予定を変え、杜国の思い出につながる名古屋を離れがたい芭蕉は、更科の月を見るという望みを力に江戸へあしをむけようとするのである。七月、名古屋、鳴海、熱田などで歌仙を巻き、八月十一日、越人と共に名古屋を立ち、更科に中秋の名月を眺め、江戸を目指す帰国の途に着いた。越人は更科への案内と共に芭蕉の疲れを思いやって江戸までの供をつとめたのであった。

名古屋の人々は皆餞別の句を送った。

更科の月は二人に見られけり　荷兮
秋風に申しかねたる別れかな　野水
送られつ送りつはては木曾の秋

昨年江戸をたってから、鳴海、名古屋、伊良子崎、伊賀、伊勢、大和、大阪、京、須磨、明石などあちこち目まぐるしいほどの旅であった。

越人に加え荷兮も供の者をつけてくれ、馬に乗ってのたびである。

高山奇岩、かしらの上に覆い重なりて、左は大河流れ、岸下千尋のおもいをなし、尺地も平らかならざれば、鞍のうえ静かならず、ただあやうき煩いのみやむときなし。……

このような状態であるが、連れている供のものは平気で馬上に眠っている。今にも落ちるかと後ろから行く芭蕉は気が気でないのだが、「仏が衆生の浮世をみたまふもこのようなことであろうか」などと自らのたびを省み、考えるのであった。

桟やいのちをからむつたかづら

霧晴て桟はめもふさがれず　　越人

十五日、目指す更科姥捨て山に至る。

俤や姥ひとり泣く月の友

いざよひもまだ更科のこほりかな

さらしなや三よさの月見雲もなし　越人
木曾の橡浮世の人の土産哉

善光寺に詣で、浅間山を過ぎて八月下旬、越人とともに江戸へと帰りついた。今回の旅では知足、荷兮、越人らに様々助力を受け、彼らとの精神的交流もますます深まったのである。年をまたぎ十月に渡る旅であった。

芭蕉にはまた江戸の門人らとの風雅に忙しい日々が始まった。

(8)

芭蕉の留守の間に、前回の旅で知り合った路通が江戸へ尋ねてきて、近くで暮らし始めていた。

背も高く、貴族的な秀麗な顔立ちの路風は比叡山で修行をし、山を降り大津で徒然草の講釈等をしているとき、芭蕉とであったのである。また伊賀からは、江戸暮らしを望んで案内も待たずに、加兵衛が身ひとつでやってきている。

ともかく芭蕉は荷兮らにあてて江戸帰着の知らせと礼状などをかいた。

一、越人昼寝がちにて、いまだ何事も得取り掛かり申さず候。拙者も人にまぎれ居り申し候。

一、其角も上り度きよし申し候。自然立ち寄り候はば、よろしく御取持ち下さるべく候。若き者にて御座候へば、跡もさきもわかちがたく候、先何やらかやらとりまぎらはしく候間、早速此の如くに御座候。

荷兮にあてた手紙であり、荷兮らへの信頼とまた其角へ対する芭蕉の特別の思いも読み取れよう。

『続虚栗』を刊行し『吉原源氏五十四帖』という遊女評判記を表した其角は今や流行の俳諧師となっている。

一方、江戸まで無事芭蕉を送り届けた越人は、なぜか我が家へ帰ったようにどっと疲れが出てしまった。

昨年冬、寒さに震えた伊良子崎への旅、杜国とのつらい再会と別れ、そしてまた更科への旅から江戸までの同道と越人にとってもことの多い一年であった。

早速やってきた其角や嵐雪らから江戸見物などに誘われても、日ごろ遊びには引けをとらず、「三日働けば、三日遊ぶ」と称し、酔えば平家を謡う越人であったが、腰が上がらないのであった。
芭蕉は十日には伊賀の卓袋あてに加兵衛の件で手紙を書いている。
……先ず春まで手前におき、草庵のかゆなど炊かせ、江戸の勝手も見せ申すべく候。四十余の江戸かせぎ、おぼつかなく候。……寺かた・医者衆の留守守……あまりよき事もあるまじきと……
などと書いている。
九月十三日には芭蕉庵で十三夜の月見を催す。越人を囲み、素堂、杉風などと近くの人々の和やかな会であった
木曾の痩せもまだなほらぬに後の月
江戸の新鮮な魚を届けてくれる杉風や深川常連の人々と八吟歌仙、素堂亭残菊の宴、また其角の家を訪ねて両吟、嵐雪との両吟など、芭蕉と越人の疲れも九月半ばにはすこしずつ回復したようであった。

翁に伴われてくる人の珍しきに

落ち着きに荷兮の文や天津雁　其角

三夜さの月見雲なかりけり　越人

嵐雪との両吟

我もらじ新酒は人の醒めやすき　嵐雪

秋うそ寒しいつも湯嫌ひ　越人

初対面ではあるが、旅の途中からの芭蕉の文などでも、親しみを感じている彼らの交遊が窺われる両吟の歌仙である。

芭蕉庵に泊り込んだ越人は「翁のお世話ですっかりお疲れのことでしょう。ゆっくり休まれてから江戸見物を……」などと曾良にも云われ「気ままに寝ているがいいさ……」など芭蕉にも言われて、横になったり、旅の思い出話をしたり、人々の軽口に大笑いしたりしていると、なぜか心地よく名古屋へ帰ることも忘れ、このまま江戸で俳諧師になってしまおうかなどと思うほどであった。

突然江戸へでてきた加兵衛のことなどで、出歩いたりもする芭蕉であったが、夜は越人とゆっくり両吟を試みたりもした。あちこちの沼地や池にはもう多くの雁が渡ってきている。

雁がねもしずかに聞けばからびずや　越人
酒しいならふこの比の月

「いつの間にやら、こんなに雁の渡る比になってしまいました。古里よりのたよりもあり、そろそろお暇せねばなりません」

杜国と違い両親も自分を待ちかねている。冬を迎え家業も色々忙しくなる時期であった。其角が十月再び上京したのに続き、越人もまた芭蕉はじめ人々と再会を約して江戸を去っていった。

「このたびは本当に何から何までお世話をかけ、お礼の申しようもない……皆様にくれぐれもよろしくよろしくお伝えを……」との芭蕉の言葉、礼状等を持って越人は発っていった。

荷兮への土産として木曾の椽のみも一つ懐にしていたのである。

この冬芭蕉は久しぶりにまた芭蕉庵で近くの常連の人々、曾良、路通、夕菊などと歌仙を巻いたりしている。

大津よりの其角の手紙の返事には、草庵の侘び会では路通が妙作などと述べ……俳諧のほかは心頭にかけず、句のほかは口にとなえず、儒仏神道の弁口、共にいたづら事と、閉口閉口、などと述べ、去来などへもよろしくと頼み、歳旦句も出さないことを告げている。

故里へ戻った越人には

二人見し雪は今年も降りけるか

又、古くからの門人李下の妻がなくなったのにたいし

被き伏す蒲団や寒き夜やすごき

手紙などに紹介した句は以下のようである。

襟巻きに首引き入れて冬の月　杉風

火桶抱いておとがい臍をかくしけり　路通

冬籠り又よりそはん此はしら

さまざまにことの多かった元禄元年は静かに芭蕉庵で暮れていった。

第五章　名月の見所問はん旅寝せん

（1）

元禄二（一六八九）年の一月十七日、兄半左衛門宛の手紙で芭蕉は北国下向の予定を告げている。

前年末に歳末のさまざまの入用金を援助できなかったことをわび、北国下向の折、伊賀に立ち寄るとの予定を知らせ、それまでは書状も特に無用であると書いた。

伊賀の猿雖あて書簡には

去秋は越人という知れもの木曽路を伴ひ……年明けてもなお旅の心ちやまず、弥生に至り塩釜の桜、松島の朧月……北の国にめぐり、秋の初め冬までにはみのをはりへ出で候…

…南都の別れ、一むかしのここち……水上の淡消えん日までのいのちも心せはしく、去年旅より魚類肴味口に払い捨て、一鉢境界乞食の身こそたふとけれと謡にわびし貴僧の跡もなつかしく……今年のたびはやつしやつしてこもかぶるべき心がけにて……

などと述べ、路通と共にの野宿も覚悟という奥州の旅の予定を告げている。

前回の旅も名古屋や各地の人々の歓待を受け、『野ざらし』の初心とはかけ離れたものになった。が、杜国との吉野の旅をも経て、人生の真実に触れ風雅の真髄に迫るにはという芭蕉の思いは、ますます切迫した厳しさを持ち始めているのである。

二月七日は大垣の塔山の江戸の旅宿で嵐蘭、嵐竹、北鯤と七吟の歌仙をまく。

かげろうのわが肩に立つ紙子哉

水やはらかに走り行く音　曾良

…………

一門の花見ごろものさまざまに　北鯤

藤をつたふる摂政の筋　嵐竹

其角も上京しており、今回の旅の送別の歌会などは盛大には開かれなかった。旅立ちの前から「やつしやつし……」という芭蕉の思いが貫かれたのである。

塔山の会での発句はすでに旅立ちを思っての芭蕉の句といってよい。春になっても冬の紙子を離さず北国へ赴く自身の絵姿である。曾良の脇句も早春の風景の中を旅行く姿であろう。

内藤露沾公よりは松島行脚の餞別吟が贈られ、芭蕉は脇をつける。

月花を両の袂の色香哉　　露沾
　蛙のからに身を入るる声

日脚が伸び春の気配が濃くなってくるのを芭蕉は待ちわび、旅に備えつつ日々を過ごしていた。

春雨やよもぎを伸ばす草のみち
　面白や今年の春も旅の空

後の句は去来宛の書簡にある句である。

名古屋の野水も商用で江戸下向の折立ち寄り、芭蕉行脚の予定を聞いている。

尾張の落梧宛の書簡では

草の戸も住み変わる世や雛の家

があり、草庵を人に譲り奥州へ旅立つと告げている。

岐阜の李晨には小刀のお礼とともに

今の俳諧は往古の歌や往古の歌人、何ぞいやしかるべき、素朴のところ、却って古きあり、必ず天理人道において一つの道にてござ候へば、風流お忘れなさるまじく候……


と述べている。

俳諧において古人の風雅の真につながっているという芭蕉の確信と、それゆえにその道をますます探求し、高めていかねばならないという厳しい姿勢が窺われるのである。

同行者ははじめは路通の予定であったが直前の弟子たちの進言で曾良となった。

奥州をめぐった経験もあり、師のお世話は確かに引き受けると誓った路通であったが、近くに住んでの日常生活を見て不安を感じた杉風らの進言であった。感情の振幅が大きく芭蕉の庇護に甘えて気随に振舞う傾向が見られたからであった。

「長い道中、路通の気ままに悩まされるようでは困る。供をするのは師に対しあくまで謹直で沈着でもあり、体も強健な曾良以外にあるまい」という素堂らの意見でもあった。

急に供に決まった曾良は道中の神社仏閣なども細かく調べ自らの知人にも連絡を取り、道中の日程をも作成して出発の日に備えていた。

またこの年三月名古屋の荷兮の編集で発刊された『阿羅野』に芭蕉は序文を与えた。


……いといふのいとかすかなる心のはしの、あるかなきかにたどりて、姫ゆりのなににもつかず、雲雀の大空にはなれて、無景のきはまりなき、道芝の道しるべせむと、この野の原の野守とはなれるべらし

と流麗なやわらかい序文である。

前年冬、其角は芭蕉の書状を携えて荷兮のもとを訪れていた。芭蕉第一の高弟であり、その早熟な才能と人となりを、江戸で出会った越人からも聞き及び荷兮も対面を心待ちにしていた。

冷え込んで日も暮れかけた頃、供をもつれず荷兮の門をたたいた其角は一見年齢不詳の僧のような風采であり、ただ大きなぎょろりとした眼が印象的であった。案内に出た家人は名のらぬ先から高名な江戸の俳諧師其角と分かったと告げた。片時も酒を手放さぬと噂され、

『吉原源氏五十四帖』の作者である其角（この稿料は今回の彼の旅の費用ともなったが）を荷兮は早速名古屋一の料亭へ案内した、

「『吉原源氏五十四帖』を書かれたお方だからな、心して勤めるがいい」との荷兮の言葉に女たちは顔を見合わせていたが、其角が座についてしばらくすると、女たちは皆其角のそばを離れなくなってしまった。

このような席では、日ごろは女たちに望まれるままに、いくらでも朗々と平家を朗唱してやる越人の周りに女たちが集まってしまうのであった。が、其角はそのようなことをするでもなく、時々一言二言話し、大声で笑い荷兮らの言葉に返事をしたりするだけであったが、江戸の俳諧師というだけでなく、何かが女たちをひきつけてしまうようであった。

芭蕉翁と同じように男も魅するが女も魅するお人と荷兮は見ていた。

越人らも交え数日過ごした後、其角は京の去来にも会うべく名古屋を立っていった。

芭蕉、其角らを介して、京、名古屋、江戸と芭蕉門の広がりはますます大きくなっていった。『阿羅野』は発句七百三十五、歌仙九、作者百七十余人という大選集である。

其角をおくる

天竜でたたかれたまえ雪の暮　　　　越人

ああたったひとりたったる雪の朝　荷兮

越人の句は天竜川で西行が同船の武士に叩かれ、忍耐したという故事を踏まえ、西行に続くという其角に贈ったものであり、荷兮の句は貞徳の句をもじったものであり、彼らの其角に対する親愛感にあふれている。其角はこれらの句に大笑いしながら人々と別れ京へ向かった。帰路再び立ち寄ることは当然の約束事であった。

何事ぞ花見る人の長刀　去来
眼に青葉山ほととぎす初がつお　素堂
雪の日や船頭殿の顔の色　其角
初雪をみてから顔を洗いけり　越人
飛び入りてしばし水行く蛙かな　落梧
あそぶともゆくともしらぬ燕かな　去来
朝顔や垣ほのままのじだらくさ　文鱗
こがらしに二日の月のふきちるか　荷兮
としの暮とちの実ひとつころころと　荷兮

よしの山もただ大雪の夕かな　野水
行く年や親に白髪をかくしけり　越人
つまなしと家主やくれし女郎花　荷兮
　李下が妻の悼み
寝られずやかたへひえゆく北下ろし　去来

其角の句は越人の句にも響くものであり、謡曲を踏まえたものでもあるが、雪の日にほんの薄い着物をまとったのみで乗船の人々の命をあずかり、真っ赤に顔を染めて必死に艪を漕ぐ船頭の姿に、其角は鬼神の働きを見たのであり、船頭殿と頭をたれたのである。社会的立場にとらわれず、じかに肉体を持った存在としての人間をまるごと見つめるという其角独特の熱い思いの表れた句であろう。

とちの実は芭蕉が木曽から持ち帰り越人に託したものであり、荷兮らとの親愛の感情を読み取ることができる。

越人の江戸での歌仙も載せられており、半年たらずの間にこれらを纏め上げた尾張の連衆の俳諧にかける思いとその行動力、また財力も大きなものであった。

封建のくびきを超えて俳諧の園に共に自由に遊ぶ童という開放感があったのではなかろう

か。

麦くいし雁と思えど別れかな　野水

この句につけての素堂の文と発句

麦を忘れ華におぼれぬ雁ならし　素堂

を立て句にしての歌仙もある。

ともかく芭蕉出立の前に東海道ではこのような動きがあったのであり、芭蕉はみちのくへもこのような俳諧の広がりをもとめるおもいもあったであろう。

(2)

鮎の子の白魚送る別れかな

芭蕉が早春江戸隅田川の河口で見慣れた景色、すんだ水の流れに群れる白魚と、河を遡上してゆく鮎の稚魚たち、自然の中で生きる小さな生き物の愛らしい姿が詠みこまれた童画のような句といえようか。

長旅を前の緊張した日々の中でも芭蕉の視線は自然の中に生きる小さな生き物を静かに温かく見つめている。自然の中で共に生きるという共生の感覚が根底に流れている。

同行者曾良の俳諧書留にまず記された旅立ちの句である。

元禄二年三月二十日、芭蕉は見送りの人々と共に深川より舟で旅立つ。その日千住に上がり、数日を別れの人々と過ごした。内輪の門人たちとのしずかな別れであったろう。

二十七日は江戸より九里の粕壁に泊り、いよいよ曾良との二人旅の始まりである。

二十九日は小山の先、飯塚というところで歌枕の地、室の八島を参詣する。神社仏閣の縁起に詳しく、急に供に決まったにもかかわらずさまざまな準備をし、道中の事績を詳しく調べあげている曾良は早速木の花咲や姫に関する伝承を話してくれた。

宿の主人も「この地ではこのしろという魚は今でもけして食べません」などと夕餉の支度をしながら語るのだった。

義経を平泉に案内した金売り吉次の塚も訪れ、先年の須磨明石の旅も偲ばれ、義経主従の逃避行の跡も残るみちのくの旅がいよいよ開かれるという緊張になかなか寝つかれない二人であった。

謹直で事務能力にも長けた曾良との旅は芭蕉にゆとりと安心感を与えてくれる、
宿に着くと曾良は早速翌日の空模様を主人に尋ねる。

「西がこのように晴れた夕焼けであれば明日も申し分ない上天気でございますよ」などの主人の言葉を曾良はうれしそうに芭蕉に告げた。

旅宿では衣服、わらじの世話から筆、懐紙、服薬などにも気を配った。夜は行灯の影で当日の日程を振り返り、細かい記述をつけ、翌日の予定を説明もした。

「おそいからもう休むがいいよ。明日は黙ってお前の後をついてゆくさ」などと芭蕉はいった。

長い旅路を師を助け無事務めたいと決意も固く髪をそり、墨染めの衣に着替えて旅立った曾良であった。翌日の空模様によって、わらじ、脚半の類にも細かく気を配っていた。

四月一日、いよいよ旅の最初の目標であった日光に参詣する。

当日は快晴でもあり、神宮内の御物などもゆっくり拝観したいものと朝も早めに出、昼頃境内に着いた。浅草清水寺の紹介の書状を差し出したのであるが、先客が有り、三時間ほども待たされることになった。勢い込んでいた師はいかがかと曾良は気をもんだが、芭蕉はゆっくりとすわり、陽光を浴びて透き通りながら風に揺れる若葉を見つめていた。

あらたふと木下闇も日の光

芭蕉は自らも懐紙に記しながら曾良に示した。曾良は日々の行動の記録と共に、発句、歌仙などはまた別の冊子として記録していた。初出の形を曾良はそこに控えたのである。

剃り捨てて黒髪山に衣替え　　曾良

東照宮の荘厳なことは二人が先年訪れた鹿島神社とは比べものにならなかった。日光参詣も無事終わって、緑に包まれた山容を後にし、古人の跡を尋ね、その風雅との一体感を求めるという旅の目標に向かって、二人は歩を進めていったのである。

翌日も朝は快晴であり裏見の滝、含満が淵などを見物し、絹川を渡り、玉生の里に入る。夕方からは激しい雷雨になったが、宿には手足をすすぐ充分の水もなく、厠へ行くには雨水の流れる裏道を横切らねばならない。紹介された宿ではあったが、自分はともかく、これでは師がゆっくり休めそうもないと曾良は思った。ましてひごろ痔疾に悩んでいる芭蕉のことである。だが途中の様子では適当な旅宿や社寺などもありそうにない。

「芭蕉翁にご無理はさせられないのである。もう少しゆっくりできる宿を探したいが……」

曾良の言葉にも主ははっきりした返事もしない。雨の中二人は荷をまとめ名主の家を目指した。

突然の来客にあわてる名主の家であったが、さすがに急いで支度を勧める。だが、東海道とはやはり違う道中の様子である。

「これからも多少のご不自由はあるだろう」と曾良も眉をひそめた。

玉生を四月三日に出発し、那須黒羽の翠桃を訪ねた。翠桃はすでに江戸でも顔を合わせ歌会を催した仲であり、当初から書状をやり取りして案内を願っていたものであった。二十七歳である。芭蕉たちの休む部屋もきちんと用意されていたので、二人ともまず旅の緊張を緩めたのであった。

「昨日はひどい天候で御座いましたので道中いかがかと案じておりました。」

「実は無理に宿替えをしたりしましたが、今日は天候もよくなり、道々も緑も美しくこちらへ案内いただいて私たちも生き返ったようですよ」

日光参詣の素晴らしかった事など二人の話に翠桃もまず安心したようであった。

翌日からは黒羽大関藩家老であった翠桃の実兄浄法寺図書の館に招かれ、四日から十六日までこの二箇所を行き来し、歌会などに過ごした。図書は二十九歳である。

庭木などをゆったりとしつらえ、広々した屋敷である。

山も庭に動き入るるや夏座敷

この間晴れれば案内を得て那須野を見てまわり、佛頂和尚の山居の跡のある雲厳寺を訪れ、修行の厳しさなどをしのんだ。雨の日は図書は供の者に重箱の料理を持たせて訪れ江戸の様子など、一日語りつくしたりもした。

俳諧にたしなみある近在の庄屋、武士などを語らい歌仙も巻いた。

まぐさおふ人を枝折りの夏野かな　翠桃

青きいちごをこぼす椎の葉　曾良

村雨に市のかりやを吹きとりて

…………

奥の風雅をものに書きつく　翅輪

珍しき行脚を花に留置て　図書

弥生暮れける春の晦日　桃里

また、黒羽より江戸の杉風などへ旅の一報を入れた。

「江戸の皆様に無事のご到着をお知らせしましょう」という翠桃の書状に同封したものであった。

雨が多く外出できなかったのも二人の疲れを取るのにかえって良かったかもしれない。芭蕉は雨でますます濃くのび広がる緑の野山を眺めながら、もぐさを取り出し灸をすえたりした。曾良も緊張を緩め、痛めた胃腸を休めるため図書邸へ行く芭蕉を送り出し、翠桃の屋敷で一晩横になってすごしたときもあった。

十六日昼頃、図書より馬と下僕をつけて送られ、紹介状を持って高久の庄屋角左衛門方に泊る。

この下僕に望まれて短冊を与えた。

野を横に馬ひきむけよほととぎす

十九日は温泉神社に参拝し、那須与一の遺物などを拝見する。扇の的を射たのこりのかぶら一本、征矢十本、正一位の宣旨など曾良も丁寧に拝観し日記に一つ一つ記録した。平家物語の悲しく美しい絵物語などを二人は思い描き、先年の旅の思い出話にふけったりしてなかなか寝付かれなかった。

二十日湯本を立ち、案内のものに従って細い山道や小さな村のあぜ道などを通り、田の横に西行が立ち寄った柳、遊行柳を尋ねる。

この柳は特に芭蕉の旅の目的の一つでもあり、二人はそこに長い間佇んだり、周りを巡ったりした。曾良は芭蕉の思いを妨げぬよう少し離れて道々やあたりの様子などを冊子に記した。二人は深く拝礼をして木のもとを去ったのである。

二十一日、白河の関は関の明神が二所にあるなど、さまざまの言い伝えや、古歌にある場所を訪ねたり、行基菩薩、弘法大師、宗祇などの面影を偲んだりと、足の続く限りと歩き続けた二人であった。曾良はそれらの言い伝えをこまごまと日記に記した。宿の主に尋ねたり、土地の文書を見せてもらいなどして記録したのである。

「明日のことを調べておりますゆえ、どうぞお休みくだされ」

と曾良はくらい灯火の元で芭蕉を振り返ったが、一日の疲れはありながら、古人に思いをはせて芭蕉も寝付かれないのであった。

二十二日は須賀川の等躬のもとに泊った。等躬もほぼ十年前からの芭蕉万句の頃からの知り合いであり、旅立ち前にさまざまの連絡を済ませていた一人である。芭蕉を奥州へ招くにあたり、白河の関の様子など、前もって知らせをよこしたりもしていた。

「いかがでした。白河の関は……」

等躬は二人がわらじをとくまももどかしいように、家人にこまごまと指図をしながら尋ねる。等躬は当時五十二歳であった。

「旅のつかれもあり、またさまざまの古人の跡も偲ばれて、二人とも思うような発句もできず……」と芭蕉は微笑んだ。

「ともかくゆっくりして、お疲れを取っていただいたら、早速お教えを……」と等躬も二人を奥へ案内した。
図書からは惜別の句がおくられてきたので、三人はその句につけて三つ物を作った。

雨晴れて栗の花咲く跡見かな　図書

初対面の図書であったが、芭蕉との交遊は日ごろの生活とは別の深い思いを残したようであった。
緑滴る山々と白く咲き乱れる卯の花や茨の花、道中江戸や歩きなれた東海道とはまた違う風景、お国振り、珍しい食べものなどを話の種に、三人は早速歌仙を巻いた。

風流のはじめや奥の田植え歌　等躬
いちごをおって我がまうけ草　曾良
水せきて昼寝の石やなをすらん　等躬
…………
六十の後こそ人の正月なれ　等躬
蚕飼する屋に小袖かさなる　曾良

二十八日まで須賀川に滞在した。等躬の家でも田植えがあり、また物忌みなど忙しい時期でもあった。その間、芭蕉らは大きな栗の木の下にある栗斎の草庵などを訪れそこでも歌仙を巻いた。栗斎は連衆のひとり等雲の用意したそば切で、芭蕉らをもてなした。

隠れ家や目立たぬ花を軒の栗　　栗斎
まれに蛍のとまる露草

…………

入り口は四門に法の花の山　　曾良
つばめをとむる蓬生の垣　　等雲

雨模様の日が多く、芭蕉らは近くの滝を見たり神社に詣でたりし、また出発の予定を尋ねてきた人に引き止められたりし二十八日までゆっくりと休んだ。

二十九日は快晴となり二人はさまざまの紹介状などを持ち、昼食も添えて馬によって送られ宿を立った。道中の宿場でも書状を見せることで親切にもてなしてくれ、阿武隈川を舟で渡り、無事郡山につく。

宿はむさくるしいところであったが、途中の宿場の模様などから、良い宿も少ないところであろうと、二人はお互いにうなずきあって我慢をした。

翌日も快晴となり早起きをし、宿の主人にも尋ね、寺社を訪れなどし、土地の老人にも問い、古歌にある歌まくらの地、あさか沼、かつみ草などをここかあそこか、どの草花か等と尋ね歩いたがはっきりしたことは分からなかった。

小さな山、谷などが続き、それらが皆田となっており、沼の多い土地であった。

「これらの谷は皆昔は沼であったとも思われます。今は皆田になっておりますが……、浅香沼はどのあたりでしょうか。花かつみもどの花がそれやら……」

首を傾げて佇む曾良と汗をぬぐう芭蕉の足元にはあぜ道や田の縁に、小さな白や黄の草花が咲き乱れている。

「〈みちのくの浅香の沼の花かつみ　かつみるひとに恋やわたらむ〉とここまで花かつみを恋うてきたが……」と芭蕉も残念がった。

「だが謡曲『安達が原』の黒塚はたしかにあれと聞いておりますから……」

二人は気を取り直して、また訪ね歩き、観音堂の別当坊に黒塚の言い伝えを確かめた。

小さな塚の上に大きな杉の木があり、確かに鬼をうずめた跡であろうと二人は納得した。

その日福島領内へ入り、知人の家を訪ねたが、三月二十九日に江戸へ向かったということで不在であった。しきりに残念がる母と妻に言伝を残しその夜は陽のあるうちに福島に泊った。

ここはきれいな宿であった。

翌二日も快晴となり、また歌枕のしのぶもじ摺りの石を尋ねた。四、五十分歩いて川を渡り、また山道を上るなどした谷あいに、半ば土に埋もれた大きなもじ摺り石を見ることができた。ともかく、たしかにそこに石が見られたことに二人は満足する。

その後は、義経の家臣として最後まで戦った佐藤継信、忠信の父の館の跡などをおとずれる。

寺内には兄弟の旗ざおを立てたところから毎年二本ずつ生えてきたという竹林もあった。見ることはかなわなかったが、義経の背負っていた笈、弁慶の書いた経なども残っているということであった。

昼過ぎより空は曇ってきたが、芭蕉たちも忠臣たちの最後を思っては、空もまた涙しているのではないかと思うのであった。歌まくらの地も、古人の墓や御物、館の跡も人に確かめ、あちこち訪ね歩いてやっとたどり着くようであった。東海道の尾張、京、奈良などの寺社とは比べようもない。

疲れた足を引きながら、敗残の逃避行を続けた義経ら武将の面影を悼みつつ、その日は降り始めた雨の中を飯塚の温泉に宿った。

この夜も曾良はくらい灯火の下で、通ってきた道筋など、芭蕉にも確かめながら遅くまで記録していた。

「この先は山路も多く、雨模様の日も増えそうに思う。今日くらいはゆっくり休んでおこう」などと芭蕉は言った。

三日は雨であったが、九時すぎには宿を出、山道を歩いて峠を越え、福島領から仙台領へと出た。途中佐藤兄弟の妻の御影堂があり、そこにも参詣をして彼女たちの面影をしのび、夜は白石に宿る。

四日はまた歌枕武隈の松を見た。これは江戸で挙白が「桜には間に合いませんが、是非たけくまのまつをごらんください」と勧め、句に詠んだ松であった。

三月越しで期待していたとおりの見事な枝ぶりに芭蕉も喜び、機知を活かした句を読んだ。

散りうせぬ松や二木を三月ごし

今までは捜し歩いた歌枕には出会えなかったり、期待が外れたりだった二人にこの見事な松との出会いの喜びは大きかった。

この日仙台に入り泊る。翌日はあちこちからの書状などを手分けして持って訪ね歩いて届けたりした。八日までは仙台にとどまり、紹介された画工北野や加衛門などの案内であちこちの寺社国分尼寺の跡などを見物する。彼らは干し飯、のり、わらじなどを持って宿を訪れ、土地の名所、さまざまな来歴などや翌日の予定をこまごまと語りきかせなどした。

芭蕉はお礼に短冊などを書いた。

八日仙台を立ち塩釜に向かう。途中、壺の碑を見る。奈良時代の文字を刻んだ確かな遺跡であり、今までの旅の経験から、古の言い伝えが皆あやふやになってしまう嘆きを抱えていた二人は感激に涙ぐんだのであった。その後、曾良が道のりなど彼らに確かめていた名所、歌枕の地などを訪ね、加衛門紹介の宿に泊る。

九日は快晴であり、塩釜神社に詣でてから舟で松島へ出る。日差しは強かったが風はまだ涼しく快適な船旅であった。青い海と波、明るく晴れた空を眺め、さまざまの旅の苦労も忘れる思いであった。

島々やちぢにくだきて夏の海

瑞巌寺などを参詣し案内に従ってさまざまの高僧の修行、座禅の跡などを残らず見る。歩くことが少なかったので、精力的に見ることもできた。宿も加衛門紹介の海を見晴るかすきれいな宿で、気持ちも晴れ晴れとした一日であった。

十日も快晴のもと松島を立ち石巻に向かう。

日差しも強く、快晴が続いてほこりの立つ道を歩いている二人はのどが渇き始めた。だが街中であり、きれいな清水や小川のようなところもない。

芭蕉を休ませ、曾良は家ごとに湯水を乞うてみたが他国者に飲ませてくれようという家はなかった。寺社などもありそうにない。言葉も上手に通じないようでもある。照りつける日差しの下二人が困惑していると、通りかかった五十七、八歳の武士が声をかけてくれた。

「実はこの暑さにのどが渇き、湯茶を望もうと声をかけるのですが、いずれでも断りを言われ……」

武士はうなずき二人を連れて立ち戻り、知り合いの家へ案内してくれた。二人は礼をいい名を尋ねるが、武士は今野源太左衛門と名乗り、根古村の家老であった。石巻では、私の名を告げ、ここへ宿をとるがいいでしょうと宿の紹介もしてくれた。

旅においては本当に人の情けがありがたいとふたりは道々うなずきあいながら、先を急ぎ石巻では教えられた宿を訪ねた。

途中降り出した小雨もやんだので、宿の主人に尋ね早速歌枕の地日和山に登った。石巻中が一望でき、遠くの青い海、緑の島などが美しい。家々や人々の様子も豊かそうに見えた。住吉神社に詣で宿に戻った。

十一日は天気もよく宿から途中までご一緒しましょうという連れもいて、湯茶の礼などの感謝とお礼の言葉をよろしくと頼み宿を出た。北上川支流などに沿って歩き戸今に泊った。

十二日も山道を歩く覚悟で出発したが、昼頃から雨となり、ますます強くなるので、馬を借りる。ずっと山道であり、やっと一関に着いたときには長い夏の日も暮れかかっていた。合羽も通るほどの雨であった。

「明日は天候も晴れるでしょうとの主の言葉です」

「そう願いたいものだ。今日は曾良も日記も程ほどに休むがいい」と芭蕉も疲れた様子であった。

十三日はいよいよ義経終焉の地、平泉を目指し、十時ごろに出発する。

幼い日に年の離れた兄や姉から物語られた王朝の世界は芭蕉の脳裏に深く刻まれたものであった。もとの広大な自然に帰った高館の跡、悲劇の武将や人々の哀憐の物語などと共に、自らの幼い日の思い出なども芭蕉の胸には行き来するのであった。

疲れた足をさすりながら、北上川を見下ろす草原から腰を上げ、中尊寺、金色堂などを訪れる。建立からほぼ五百年以上たっていたが、金色堂は木製の覆堂に覆われて残されていたのである。歴史の中で変わるもの、残されるものについてそしてそこにかかわる人間の思いについて、芭蕉も曾良も心を動かされていた。

昨日からの疲れもあり、二人は三時半頃宿に戻る。用意してくれた風呂に入り、部屋に戻ると、曾良は例の毎日の記録を始める。あちこちを巡り忘れえぬことが多く、記録することも多かった。

芭蕉は横になっていたが眠っているようではなかった。起き直って筆を執ると、

夏草や兵どもが夢の跡

五月雨や年々降るも五百たび

と曾良に示した。やはり深く古人を思う句であった。

卯の花に兼房見ゆる白髪かな　　　　曾良

曾良の句に芭蕉もうなずいたのである。

十四日一関を立つ。ここからは山道を仙台藩から出羽藩へと超えていかなければならない。曾良は途中の道のり、山道の厳しさ、川、橋の類、宿などを例によって細かく主などに確かめている。

「天候によってもどこまで参れますか。少し回り道でも、険しさの少ない道をゆくつもりですが……」と話していた。朝は晴れていたが、途中小雨、雷雨などがあり、またあがりその中を歩き続け、夜は岩手山に泊る。

十五日、小雨の中を出羽の国を目指す。

その間歌まくらの地を通るが、玉之江といわれるところは入り江であったろうが、現在は

田畑になっていた。

険しい山道を歩き、しと前の関では厳しい詰問を受けようよう境田に泊った。

翌日は大雨でありそのまま境田にとどまった。山道を歩き続けた二人は横になって文字通り緑滴る山々を眺めつつ、それまでの記録などを認めやすんだ。

十七日は快晴となり、二人はいよいよ尾花沢目指して出発する。険しい峠を越えるという緊張と、知人である尾花沢の清風に会えるという期待に朝早く支度をして旅立った二人であった。途中の峠では案内のものに荷を持たせて越える。山では天候も変わりやすく激しい豪雨にもあうが、それも程なくやみ、峠を降りきると尾花沢であった。

田にならぬ山の斜面辺りからは広い紅花の畑になっている。濃い紅黄色の花が一面に咲き誇り、山の緑、田の緑と鮮やかな彩の美しい里であった。芭蕉と曾良も、疲れも忘れて思わず見ほれた。

「よくここまでお出でになりました。道中いかがでしたか。ここ数日雨が多く、案じておりました。那須からのお手紙にて、今日か明日かとお待ち申しておりましたが……」と清風も笑顔で出迎える。

紅花を扱う豪商であり、古くからの江戸での俳諧の交流もある清風の下で、歌仙をまいたりあちこち巡り歩いたりと二十七日まで尾花沢に滞在する。ちょうど紅花摘みの忙しい時期であり、二人は十八日、風呂を立ててくれた養泉寺に移り、ここを主な宿とする。

すずしさをわが宿にしてねまるなり　清風

つねのかやりに草の葉をたく　曾良

鹿子立をのへの清水田にかけて　清風

…………

追ふもうし花吸ふ虫の春ばかり　清風

夜の嵐に巣を防ぐ鳥　素英

小雨もよいの雨の日続きで、紅花つみには苦労が多いようであったが、旅の珍客である芭蕉たちは大切にもてなされたのであった。庚申待ち、日待ちなどに招かれ、また大石田、新庄からも連衆が寄り合った。

最上川の舟運によって紅花は大阪、江戸へも運ばれ、大きな商いがおこなわれ豊かな繁栄がもたらされていた。彼らはこれらにかかわる豪商や医師など、町の富裕層であり、彼らの間に俳諧など上方、江戸の文化は根付いていたのである。

二十七日は快晴となり、ぜひ参拝をと進められた立石寺に向かって、馬で送られる

「ふもとまでは馬でいらっしゃるがよいでしょう。その後は歩く他ありませんから……」

午後二時ごろふもとに着き、宿を取り、二人は急坂を歩き始めた。急峻な坂道や石段続きであり、山道を歩きなれた二人であるが、ここで修行する行者の厳しさを思うばかりであった。山上はふもとよりよほど涼しく山の緑の中、蝉の声ばかりがしきりである。

山寺や石にしみつく蝉の声

二十八日は馬にて天童に向かい大石田の一栄宅につく。先日の歌会の連衆川水もやってきたが、芭蕉たちも疲労がたまり、歌仙を巻くことはできなかった。
翌日は天気もよく、近くの案内などをされ、元気も回復したところで歌会を始め三十日には折り上げた。

さみだれをあつめてすずしもがみ川　一栄
岸にほたるを繋ぐ舟杭　曾良
瓜ばたけいさよふ空に影まちて　川水
里をむかひに桑のほそみち
…………
平包あすもこゆべき峯の花

山田の種をいはふむらさめ　　曾良

六月一日は一栄、川水に送られて、馬で舟形まで行新庄の風流方に宿る。二日昼過ぎより、庄内随一と謳われた豪商、渋谷盛信方に招かれ九吟の歌会を行う。

お尋ねに我宿せばしやぶれ蚊や　　風流
はじめてかほる風の薫物

…………

咲きかかる花を左に袖敷て　　木端
鶯かたり胡蝶まふ宿　　曾良

三日新庄にて舟を用意され最上川を下る。尾花沢から新庄まで土地の大庄屋、船問屋など、さまざまな商いに携わる富商などに招きを受け、手厚くもてなされた旅であった。

羽黒に着き近藤露丸の下を訪れ、一栄からの羽黒山本坊若王寺別当執行代和合院会覚宛の書状を添えて、隠居所へ同道し、宿所とする。鬱蒼とした木立の中であった。

ここで京都の僧釣雪に出会い、思いがけぬ再会の喜びに芭蕉も涙した。

翌日は本坊にてそば切りを馳走され、会覚にも会うことができ、釣雪も交え歌仙を巻く。

有難や雪をかほらす風の音　露丸

住程人のむすぶ夏草

…………

杯のさかなに流す花の浪　会覚

幕うち揚ぐるつばくらの舞　梨水

五日、翌日の月山登山に備えて、昼まで断食、夕刻、羽黒権現に参詣する。先日の俳諧を継ぐ。

六日、早朝より月山登山、天気はよく途中までは馬でゆく。その後少し休んで昼食をとり、そのまま急坂を休まず上る。案内の強力に従い必死に登った。午後三時半頃に月山頂上に至る。

その夜は角兵衛小屋に泊る。疲れた二人は言葉もなく休んだ。

翌日は湯殿山へ詣でる。

途中わらじを脱ぎ、作法どおりに衣服を調えて参拝を果たした。ここでは落としたものは一切拾うことは許されなかった。昼頃月山に戻る。昼食をとって山を降りるが、途中までは南谷別院の僧が出迎えてくれた。夕暮れに南谷まで戻ってきたが、二人はひどく疲れて芭蕉は足も上がらぬほどであった。

八日は朝のうち小雨、のちは晴れた。

「昨日は晴れてありがたかった。雨降ればどれほど難儀だったか」

などと二人は語り合い、曾良はまた細かい記録を認めた。途中の宿賃や役料なども記した。

この日会覚も訪れ参詣の成就を祝った。

九日は断食の後、恒例のそうめんで祝い、また会覚から酒などと料理が運ばれ、四日からの歌仙を終えた。

涼風やほのみか月の羽黒山
銭踏で世を忘れけりゆどの道　　曾良

十日はまた本坊にてそばきり、酒などでもてなされ、露丸、釣雪にも途中まで送られ、芭蕉は馬にて鶴岡藩士長山重行宅につき、ここを宿とする。疲れた二人は粥を望んで少し食べたばかりでそのまま横になり休んだ。

夜になり少し元気を回復して四人で俳諧を始めたが、一巡してやめた。

十一日は小雨であり、昨日の続きを始めたが、やはりまだ芭蕉の疲れはとれず、昼過ぎ中断する。この歌仙は翌十二日に満尾する。

十三日最上川を川船にて酒田に向かう。このとき会覚から飛脚によって浴衣二つ、俳句などを贈られた。

忘るなよ虹に蝉鳴山の雪　　会覚

杉の茂りをかへり三日月

酒田では旧知の医師不玉の家を宿とした。不玉は南谷まで訪れて歌仙を巻き、江戸を立つときから宿泊の予定であった。

十四日も近くへ招かれ俳諧を行った。ひどく暑い日であり、連日の移動などで二人は疲れも感じている。

十五日象潟へ向かうため雨の中を出発し吹浦に着く。雨がひどくこの日吹浦に泊り、翌日も雨の中象潟へ向かう。豪雨で衣服がぬれてしまい店によって服を借り、ぬれたものを乾かした。またうどんなどを食べる。ちょうど土地の祭りであった。翌日は蚶満寺へゆき、もどって土地の祭りを見、踊りなども見た。夕飯過ぎ舟で潟へ出る。酒料理、菓子などを持っての涼みであった。

夕晴れや桜に涼む波の花

夜の暗い海と舟の明かり、島からの祭りの太鼓や灯火、涼風、昼に訪れた松島とは又違う海の味わいであった。

その夜も土地の名主などが訪ねてきて、象潟の縁起などが衰えてゆくのを憂うる話などを、芭蕉はうなずきながら聞いていた。

十八日、快晴となり、晴れた鳥海山を眺め東風に吹かれて心地よい中象潟を立ち、夕刻酒田不玉宅に戻る。

二十五日、酒田をたつまで医師である不玉の下でときおり俳諧をする程度で体を休めた。

江戸へ向かう伝があり、杉風、鳴海の知足、越人などへ、また曾良も知人に手紙を書いた。

二十三日は玉志亭で瓜を出され、「句のできないものには食べさせないことにしよう」と戯れ

初真桑四つにや断たん輪に切らん
初瓜やかぶりとしを思い出つ　　曾良
三人の中に翁や初真桑　　不玉
興にめでて心もとなし瓜の味　　玉志

二十五日、人々の見送りを受け酒田をたち、大山の丸屋に泊る。

二十六日、大山をたち、また海岸に沿って歩く。さまざまな景勝地があったが、芭蕉は疲れた様子で言葉も少なかった。この日温海に泊る。

二十七日、昨夜は大雨であり、道の悪さや芭蕉の疲れもあり、芭蕉は馬でまっすぐ鼠が関を越え、中村に泊る。曾良は少し回り道をして湯本を見ていった。

二十八日は中村をたち雨が降ったりやんだりする中を村上につく。曾良の知人たちが迎えにやってきて城下まで同道してくれた。町年寄り喜兵衛などが挨拶に訪れ、二十九日は彼らに連れられ曾良の仕えた伊勢長島藩主ゆかりの寺へ参拝する。

彼らは冷麦、干菓子、瓜などを持ち寄って二人を歓迎してくれた。

七月一日、彼らに案内され、あちこち参詣の末饗応を受け、村上を立ち築地村に泊る。

二日八時ごろ宿を立ち新潟へ四時半ごろつく。相宿しかないといわれ困っていたところを、大工源七というものの母がその家に泊めてくれた。次々と紹介状や伝手をたどり恵まれた旅でもあったが、このように先の見えぬこともあった。

三日は駄賃が高いからとのことで馬に乗らず、歩いて弥彦に向かう。三十キロ以上を歩き四時半頃弥彦に着き泊る。

四日は七時半頃に出、途中即身成仏を遂げた僧の像のある西生寺にまいる。夜出雲崎に泊る。

五日も雨もよいの中柏崎にいたり、紹介された宿に泊ろうとするが、連日の行脚に疲れ、汚れた二人を怪しんだような応対に、芭蕉は怒り、二人はそこに泊らず出てしまった。主人は追いかけて使いのものを走らせたが、二人はそのまま鉢崎まで来て泊った。

六日、鉢崎を出、今町聴信寺をおとずれるが、忌中ということであった。またそのまま出たが、やはり再三呼び戻され、雨も降り出したので戻ることにした。

夜人々が寺に集まり、八吟二十句を行う。

文月や六日も常の夜には似ず

露をのせたる桐の一つ葉　左栗

七日も雨で出発を見合わせ、夜雨もやんだので招かれるまま、俳諧三吟を行った。

星今宵師に駒引いてとどめたし　右雪

色香ばしき初刈りの米　曾良

さらし水躍に急ぐ布搗きて

八日、直江津を立ち高田につく。医師棟雪を訪れ四吟歌仙を行う。

芭蕉らは医師の薬湯なども求めた。

薬欄にいづれの花を草枕
　荻のすだれを上げかける月　　　棟雪

九日、十日と前日の歌仙をまいたり、招かれての俳諧にすごし、十一日高田をたち能生に着く。

十二日、能生をたち、糸魚川から親知らず子知らずの難所を経て市振に宿る。この間早川でつまずき衣類をぬらしたりなど、連日のひどい暑さと疲れのため芭蕉の気分も優れず、曾良も気遣うことが多かった。

十三日は馬がなく、人を雇い荷物を持たせて黒部川を越え滑河に着く。宿も暑く二人とも疲れが取れない日であった。曾良もあれこれと気遣い、疲れを避けようと努めたが、道中見るべきものは見たいと思い、又、招かれての俳諧には芭蕉も心を動かし、無理を重ねることになった。

十四日も暑さが大変ひどかった。北国への旅ということで、予想もしていなかった暑さと湿気であり、曾良は少し体もなれたようであったが、芭蕉の疲労は明らかだった。高岡に宿る。

十五日、快晴、卯の花山、倶利伽羅峠を超えて、ようやく加賀の国金沢に入る。大きな城下町であり、知人もいるということで曾良もほっとしたのであった。早速到着を知らせる。竹雀と北枝がかごで迎えに来て、宿を移った。対面を期待していた一笑という俳人は去年十二月亡くなったと知らされる。二人の驚きと悲しみは大きかった。

金沢では医師に薬を乞いなどし、疲労の回復に努めた。曾良も今までの疲れも出、芭蕉と別に、宿でひとりで江戸への手紙を書いたりし、また薬を飲みなどして休んだ。だが長い道のり、思いがけぬ暑さにもあい、見知らぬ土地での精神的緊張などが積もり、ふたりの疲れたようすは金沢の人々の目にも明らかであった。

二十日、一泉宅での十三吟の半歌仙。

残暑しばし手毎に料れ瓜茄子

短さ待たで秋の日の影　一泉

「この近くに山中温泉といって疲労を回復したり、万病に効くよき出湯が御座います。ぜひそこでお体をおやすめくださいませ。私もご一緒させていただきましょう」と北枝も勧める。

「途中、お出でをまちかねている方々もおられます。ゆっくりと参ることにいたしましょう」

二十四日、人々に見送られ、北枝も同道し、金沢をたち小松へ行く。

翌日は多田八幡へ詣で実盛の甲冑、木曽願書などを見る。又夜は十吟世吉を行う。

二十六日夜、また十一吟五十句をおこなう。

濡れて行くや人もをかしき雨の萩
薄隠れに薄葺く家　亨子

二十七日、小松をたち北枝もともに山中温泉に向かい八月五日まで滞在。

滞在中は発句は作るが、歌会などは行わず、近くを見て歩くなどで、心と体の休養につとめた。

二十九日は大垣の如行あて書簡を書く。


みちのくいで候ひて、つつがなく北海のあら磯日かずをつくし、いまほど加賀の山中の湯にあそび候。中秋四日五日ごろ、ここもと立ち申し候。敦賀のあたり見めぐりて、名月、湖水かもし美濃にや入らん。


とのべている。

大垣の人々は八月半ばの芭蕉の到着を知ることができた。

八月二日には塵生に干しうどん二箱の礼状と天神奉納発句を承知の旨書き送っている。

金沢で医師に処方された薬を飲み、湯に入ってゆっくり養生しても、曾良の具合は好転しなかった。几帳面で、細かく気を遣い、師のためにと一心に勤めてきた曾良の具合も気がかりであった。

お互いの気持ちや体調に敏感な二人が、互いに気遣ったりすることも、かえって精神的緊張や疲労を増すようにも見えた。

「ここまでいらっしゃればもうこの行脚も成就したも同じで御座いましょう。お役目も果たされたも同然……」

「この先の松岡には大夢和尚も居られる。北枝も松岡まで同行してくれると言っている。福井には等哉も居ることだし、世話になることができよう」と芭蕉は言った。

「ここからは旅宿も整っておりますし、道中もご心配要らないところです。私もできるだけのお世話は努めましょう」と北枝も言う。

「曾良、どうするかね。曾良がたおれでもしたら私もどうすることもできないし……」と芭蕉も言った。

「服薬してもなかなか回復もせず、それでは芭蕉翁や皆様にもこの先ご迷惑をおかけすることにもなり、私の役目も務まらず……」と曾良も力なくうなずいた。

「お先に大垣まで参り、敦賀までお迎えをよこすようにいたしましょう」

馬借りて燕追行く別れかな　北枝
花野に高き岩のまがりめ　曾良
月はるる角力に袴ふみぬぎて

…………

鐘ついて遊ばん花のちりかかる
酔狂人と弥生暮れ行く　北枝

曾良との別れに際しての三吟であり、曾良は二十句まで参加し、その後は小松で芭蕉と北枝が満尾した。

八月五日、芭蕉は生駒万子主催の句会出席のため北枝と共に小松へ戻り、そのまま先へ進む曾良と別れた。

跡あらむ倒れ伏すとも花野原　曾良
さびしさに書付消さん笠の露

芭蕉と別れた曾良は六日は全昌寺にとまる。

よもすがら秋風聞くや裏の山　　曾良

七日、松岡に着く
八日、松岡を立ち福井、今庄にとまる。

九日、木の芽峠などを見、敦賀に泊る。

十日、出発にさいし、敦賀の出雲屋に芭蕉への金子一両を預ける。

十一日、天野屋を訪ね芭蕉への手紙を託す。敦賀を立ち、木の下へ泊る。

十二日、木の下をたち琵琶湖へ出、長浜、彦根と通り、島本に泊る。

十三日、関が原に泊まる。

十四日、大垣到着。如行を訪ね、そこにやどる。芭蕉到着にあわせ、大垣に滞在していた路通を敦賀へ出迎えさせるよう曾良は手配した。

長い北国の旅の曾良の役目はほぼ終わった。折からの名月に曾良は独り湖水のほとりを月見をして歩き、やはり月を見ていた若く元気な竹戸に出会った。

十五日、大垣門人と芭蕉に手紙を残し伊勢長島の大智院にむかい、叔父が住職をしているここで藩医の薬を求め九月二日まで滞在してやすんだ。

一方、芭蕉は北枝と共に小松にいったん戻った後、曾良の跡を一、二日遅れてたどった。

あなむざんやな冑の下のきりぎりす
ちからも枯れし霜の秋草　亨子
…………

発句は小松の多田八幡宮奉納の句である
越前との境吉崎では、蓮如の跡である吉崎御坊には寄らず、西行ゆかりの塩越しの松を尋ねた。
松岡の天竜寺で大夢和尚に出会い、その翌日金沢に戻る北枝と別れる。
金沢到着以来一月ほども世話になった北枝であった。

もの書いて扇子へぎ分くる別れかな
笑うて霧に勢ひ出でばや　北枝

曾良とも別れ、ここで北枝とも別れる寂しさはあったが、長い旅ももう無事終わりに近づいたという安堵と達成感があった。この日福井に向かい、等哉宅に宿る。
そこに二泊後、二人で敦賀に向かい、十四日出雲屋に泊る。路銀一両は二人が敦賀で見物をしたり、迎えのものとの大垣までの旅にも充分であったろう。

十六日は種の浜にあそび

小萩散れますほの小貝小盃

また、名月にむかい、一夜十五句を詠んだ。

名月の見所問はん旅寝せん

以下さまざまの敦賀の名所を織り込んだ月の句である。名月、琵琶湖のほとりでの門人との再会はならなかったが、旅の終わりもほぼ見え、古い友である等哉との月見は気の置けない楽しいものであった。

十八日には三月江戸で別れて以来の路通との再会となった。

目に立つや海青々と北の秋　　路通

二十一日、敦賀まで芭蕉を出迎えた路通と大垣に到着する。芭蕉の長く厳しかった北国下向の旅はここに終わったのである。その後は如行宅に滞在する。

到着後、旅の疲れを取るため、丁寧にあんまをしてくれた竹戸に、芭蕉は道中使用した紙子を与えた。

曾良から詳しく芭蕉の様子など聞き知っていた如行はまずしばらくは休養のときを置いたのである。

胡蝶にもならで秋経る菜虫かな
種は淋しき茄子一もと　如行

九月三日到着後初めて八吟の半歌仙興行。
病癒えた曾良、越人も大垣にやって来て加わった。

たたみ目は我が手のあとぞ紙衾　曾良

竹戸に与えた紙子は旅の間、毎夜曾良がほこりを払い、汚れを落とし、しわを伸ばして綺麗にたたみ、翌日に備えたものであった。
四日、大垣藩家老格の戸田如水に招かれ六吟一巡をおこなう。如行、路通も同行する。

籠り居て木の実草の実拾はばや
御影尋ねん松の戸の月　如水

…………

それぞれに分けつくされし庭の秋　路通
ために打ちたる水の冷ややか　如水
池の蟹月待つ岩に這ひ出でて

この日如水は日記に二人の面談記を書く。

桃青事、如行方に泊り、所労昨日より本復の旨承るにつき、種種もうし、よそ者ゆえ、室下屋にて、自分病中といえども忍びにて初めてこれを招き対顔。その歳四拾六、生国は伊賀の由。路通と申す法師、能登の方にて行き連れ、同道につき、是にも初めて対面、是は西国の生まれ、近年は伊豆蛭が島に遁世の体にて住める由、且つ又文字の才等これ有りと云々、如行誘引仕り、色々申すといえども、家中士衆に先約これ有るゆえ、暮時より帰り申し候。然れども両人共に発句書き残し、自筆ゆえ、下屋の壁に之を張る。
尾張地の俳諧者越人、伊勢路の曾良両人に誘引せられ、近日大神宮御遷宮これ有るゆえ、拝みに伊勢の方へ一両日のうちにおもむくといへり。今日芭蕉体は布裏の木綿小袖（帷子を綿入れとす。墨染）組帯に布の編服。路通は白き木綿の小袖。数珠を手に掛くる。心底計り難けれども、浮世を安く見なし、諂はず奢らざる有様也。

夜左柳宅で十二吟の歌仙を行う。曾良、越人、木因なども参加した。

早う咲け九日も近し宿の梅　左柳
心浮き立つ宵月の露

…………

花の陰鎌倉どのの草まくら　如行
梅山吹にのこるつぎ歌　斜嶺

五日、如水より南蛮酒一樽・紙子二表贈られる。
六日、曾良、路通同道にて大垣より舟に乗り、伊勢へ向けて揖斐川を下る。

蛤のふたみに別れ行く秋ぞ

越人は船着場まで見送り、木因如行等は同船して途中まで送った。

ばせを、伊勢国に赴けるを船にて送り、長島といふ江に寄せて立ち別れしとき

秋の暮れ行くさきざきのとま屋かな　木因
萩に寝ようか荻に寝ようか

玉虫の顔隠されぬ月更けて　路通

柄杓ながらの水のうまさよ　曾良

自らに課した長く苦しい旅が無事終わったという芭蕉と曾良の達成感、満足、心の弾みと喜びをも感じられる句であった。

第六章　木の本に汁も膾も桜かな

（1）

この後九月七日は伊勢長島の大智院に逗留し、曾良、木因、路通も交え七吟の歌仙を巻いた。

憂き我を寂しがらせよ秋の寺

故郷伊賀の隣国である伊勢、知人、門人、親戚等が長い旅を経ての芭蕉の到着を待ちわびている。

九月十日は伊賀の卓袋あての書簡で曾良、路通同道での伊賀帰郷の予定を告げている。

遷宮後、追っ付けそれへ参るべく候間、去年だんな様御下屋敷に御置き成さるべきよし、内証之有り候へども、他客見舞いも、存知の外の衆も之有り、また、各々出入りも遠慮之有り候間、わきわきにて小借屋之あり候はばお借り候様……むしろにうすべり、へつひ壱つ、茶碗十ばかりにてよく候間……宗七（猿雖酒造業）下屋敷にても苦しからず候へども……此方より好み候とは御申しなさるまじく……冬中も逗留致すべく候……。

などと細かく気を遣い頼んだ手紙である。

俳諧師としての芭蕉の名も挙がり、藤堂家下屋敷に居住を許されるという内意もあったがこれを遠慮し、小さな借家を探して欲しいと依頼した文面である。

連れがあり、また人々の出入りもあるのでと述べており、故郷に帰っての風雅に忙しい日常を予想している。また故郷伊賀で冬を過ごすのは休息と休養の時間、空間がそこでもっとも確実に得られたからに他ならなかった。

旧主藤堂家とともに芭蕉の兄はじめ一家は常に芭蕉を温かく迎え入れてくれたと思われるのである。

伊勢神宮の内宮、外宮などを参拝し、江戸の才丸、京の信徳、卓袋、伊良子崎から杜国、江戸からの李下、曾良、路通らが出合ったのである。

九月十五日木因あての書簡では

おびただしき連衆出会いながら……さわがしき折節にて、会もしまり申さず、神楽拝みに一日寄り合い……さのみ笑いて散々になり申し候……

と書いている。

二見が浦見物後、杜国は帰国、卓袋、路通は伊賀に向かい、芭蕉は李下と共に久居の姉をたずねた。桃印の江戸での暮らしなどを李下も姉に語ったのである。

穏やかで落ち着いた人柄の李下に、遠い江戸でのわが子の暮らしに思いをはせながら、姉は幾度も感謝の言葉を述べ、助力を願っていた。伊賀上野の芭蕉生家にも一宿の後、李下は江戸へ向かった。

「伊勢参宮を果たし、京、奈良の大寺へも参って亡き妻の供養も済ませ、久居や上野の皆様にもお目にかかり、桃印や江戸への土産話にもなります」と李下は笑顔であった。

延宝以来の門人である李下の話に、兄半左衛門をはじめ人々は芭蕉の江戸での暮らしをいっそう良く知ることができた。曾良も伊賀を訪ね奥州行脚の話、茫々とした原野に変わってしまった館の跡、土地土地の変わった食べ物のことなどを語り、長島へ戻っていった。

十月八日は曾良が再び長島より訪ね、さまざまの江戸への土産、数々の手紙などを持って江戸へ向けて発っていった。芭蕉と路通は伊賀のまちを出外れ、山道の峠までも曾良を見送ったのである。

曾良はそれらの荷物を背負って足早に山を下っていった。

参勤交代の制などにもより、人々の往来は盛んになり、旅日記の類なども出版されるようになった。

奥州の行脚中曾良が日々記録していた日記と俳諧書留は、几帳面で物事をすべて記録しておくという曾良独自の日ごろからの習慣であり、かつ師である芭蕉の旅の日常に学ぶというひたすらな姿勢から始まっていた。

野ざらしの旅、更科への旅、鹿島への旅、それぞれの記録は仕上がっていたが、奥州への旅はそれらとは異なる一つの目的を持っての旅であった。古人の跡を尋ね、俳諧の次なる進展を図るという目的は明らかであったが、旅の成果として明確なものを未だつかんだとはいえなかった。芭蕉はただ、昼の疲れで横になっている自らの傍らで、暗い灯火の元、曾良が日々書き綴っていた記録と、その曾良の強靭な肉体と意志に対してある種の違和感のようなものを持ちはじめざるを得なかった。

自分が目指すものはこの曾良の記録とは異なるものであることは明らかであったが、それが形になるには未だ時が必要であるということを、芭蕉は明瞭に意識していた。
江戸へ帰る曾良にとって、旅の記録と俳諧書留は奥州行脚の貴重な成果であった。旅中から其角や門人に書き送った句や、未だ師が定稿を得ていない句などについての扱いなど、曾良はよく承知していた。曾良のしたためた記録は師と彼自身を繋ぐ曾良にだけ許された私的な、それゆえにかけがえのない貴重な宝であったのである。
十、十一月は主に伊賀で休養し、門人等との歌会に過ごした。
主家につながる西島百歳が芭蕉馬上の旅姿を描き、また家臣らと七吟の歌会を行う。

霜に今行くや北斗の星の前　百歳子
笛の音氷るあかつきの橋　式之
一つがひ鶴の来て寝る松古りて

また久々の故郷で、雪の中近くの子どもらと戯れたりもした。

初雪に兎の皮の髭作れ

雪だるまでも雪兎でも何でも作って見せようという芭蕉に、ふざけていった子どもの言葉がそのまま句になったと其角に書き送ったものである。全く意味不明の歌をしいて作るなどの遊びが万葉集などになされているが、巧まずしてそのような句ができ上がった。

伊賀での歌会には路通もたびたび同席し、奈良へも同道している。

十二月二十日には京都で去年其角もきいた鉢たたきを聞こうと去来と共に夜更けまで待っていたが、なかなかやってこない。

箒こせ真似ても見せん鉢叩き　　去来

明けて参りたれば
長嘯の墓もめぐるか鉢叩き

このときのおどけた去来の様子なども其角に書き送った。

また静かな京の夜更け、奥州行脚の経験などを去来に語っていた。数度の長崎への旅など旅なれた去来であったが、奥州は未見の地であった。

「白河の奥、陸奥の地はいかがで御座いましたか。お送りいただいたお手紙などにてその地を目の当たりにするかに思っておりましたが……」

「古人の跡を尋ねてとの思いで、どこまでも訪ねていったものの、探しあぐねたものもあり、塵に帰ってしまったものもあった。古のものがそのままの形で今の世に伝えられているものはほんのわずかである。自然でさえそのままではない……山も川も移りかわっているのである……風雅を求めるということにおいては古人の心と一体となることができよう。その風雅は不易のものである。だが時が移り人が変わり、山も谷も変わり人の暮らしも変わってくる。そのように変化することが自然の理でありましょう。人の暮らしも変り、考えも変わることによって風雅にもおのずから流行があるのである」と芭蕉は言った。

「この冬伊賀の山中にてさまざま思案などをまとめるつもりですよ……土芳らを相手に……。江戸は公方様のお膝元にて、何事もあまり忙しき故、伊賀に冬ごもりしながら……だが、狭きところゆえ、何をするにもすぐ知れることにて……」

芭蕉は笑った。

奥州の旅から帰って、芭蕉の俳諧が一歩新しい道に進んだことを去来は感じた

千載不易の句と一時流行の句という芭蕉の言葉は、去来に蕉風俳諧の新しい理念として新鮮に響いたのである。

深々と更け行く京の夜、この新しい理念に添って発句を選び、また作り、歌仙を巻いて選集を作ろうという芭蕉の願いを去来も深く受け止めた。

周囲で大小さまざまな選集が発刊されるのにつけても、天和三年春の『みなし栗』発刊以来七年、また自ら深くかかわる選集を作り、去来や京、膳所、伊賀の門人などをも、共に世に出そうという芭蕉の気持ちがあったのである。

(2)

この頃、江戸の其角は元禄元年冬の上方旅行以来の発句などを集め、選集を作ろうとしていた。名古屋で荷兮にも会い、父の故郷、近江堅田では伯母を訪ね葬儀にも立ち会うことになった。また、ほぼ四年ぶりに大阪に西鶴を訪ねている。

西鶴を訪ねたことは今回の選集には記録されなかったが、『西鶴名残の友』に西鶴自身が書き残している。

垣根の蔦かつら秋霜にいたみ……我はひとり淋しく雀の子弓など取出して手慰みするに、竹の組み戸たたきて「亭坊、亭坊」と呼ぶ声関東めきたり。誰かと立ち出るにあんのごとく　其角江戸よりのぼりたる旅姿の軽く。年月のはなしの山　富士はふだん雪ながらさらにまたおもしろくなって。露言　一唱　立志　挙白などの無事をたづねてうれしく、一日語るうちに互に俳諧の事いひ出さぬもしゃれたる事ぞかし

其角は、大矢数後浮世草子に邁進している西鶴を訪ねたのである。其角も彼自身として求めるものが有った。咋元禄元年末には嵐雪が宗匠として俳諧選集『若水』を発刊している。

其角はまた、京滞在中に当代随一の歌学者北村季吟をも訪ね、その息湖春とも知り合う。芭蕉や京の信徳らの縁でもあったろう。

元禄三年四月発刊の『いつを昔』は去来序、湖春が跋文を書いている。去来の文は、

俳諧に力なき輩　この集のうちへかたく入へからさるものなり

という短いものである。発句、四十八、歌仙三などと小さな選集であるが、湖春は、

……人の心を種とし侍れば終に作り出せる詞も正しくなりて、亦正風体の骨髄あらはれて侍るならし……など筆にまかせてかく所に、其角云う

……一句は詞を以て作りたつるに、その同じ詞のあらぬ姿にかはる所、これ番匠たるものの器量のいたす所にあらずや　よりて五字をうつばりとし七字をたるきとして……これが上を作り添え、下をつき合わせ、中をきりくはせなど……いはばよき詞もなく、わろき詞もなし、ただつつけがらにて善悪は有るべき也とのたまえり

と述べている。

上京してあちこちの寺社などを詣でた其角が宗匠としてさまざまな門人達にわかりやすく説いた言葉と思われる。
露沾や荷兮の句、芭蕉の奥州からの書簡中の句などがある。

宵闇や霧の景色に鳴海潟　其角

遊圓城寺
からびたる三井の二王や夏木立　其角

嵯峨遊吟
木枯しの地迄落とさぬしぐれかな　去来

十月二日　膳所
帆掛け舟あれや堅田の冬けしき　其角

この月の時雨をみせよにほの海　曲水

堅田の寺へ訪いけるとて
婆に逢いにかかる命や勢田の霜　其角

読みなしくりの選にもれ侍りしに首尾年ありてこの集の人足にくははりはべる
鶴啼くや弓矢を捨てて十余年　去来

刃ほそらぬ霜の小刀　　嵐雪

に始まる巴風、其角との四吟の歌仙もある。

其角奴是吉　尚白奴与三　仙化奴吼雲　加生（凡兆）妻とめなど、また去来が伊勢詣でなどに連れて行った妹千子の辞世

もえやすく又消えやすき蛍かな

などがある。主従、夫婦、親子、兄弟などで共に俳諧を楽しんでいる。歌仙を巻くなどの席で、酒、茶、菓子などの世話をしながら習い覚えることも多かった。

古足袋の四十に足をふみ込みぬ　　嵐雪

花に風かろくきてふけ酒の泡　　嵐雪

かたつむり酒の肴に這はせけり　　其角

芭蕉行脚中を思っての句

さみだれや君がこころのかくれ笠　　其角

芭蕉庵の旧草を訪ねて

しばらくもやさし枯れ木の夕づく日　　其角

其角の選集の計画と内容については送られる書簡によって芭蕉にも細かく伝わっていた。芭蕉もまた去来らと計画している選集発刊について、そこに打ち出す新風についてなどを其角に知らせていた。

(3)

元禄二年から三年へ芭蕉は膳所の義仲寺で越年をした。

何にこの師走の市に行くからす

こもを着て誰人います花の春

荷兮に送った書簡中の句であり、日田の山踏み、筑紫の航路いまだ心定めず候とあり、去来の長崎の話などに心を動かしているのがわかる。

年初はつかず離れず行動していた路通と別れ、伊賀に帰る。

人々の歳旦句などを評してすごし、また一月半ば杜国に手紙を送った。

いかにしてかたよりもござなく、若しは渡海の船や打ちわれけむ……などと書き、歳旦句や初時雨の句を披露し、二月また伊賀への訪問を待っている旨書き送っている。

一月、二月は、伊賀で土芳らを相手に「不易流行」についてさまざまな句をあげたりしながら説明をした。

土芳は、黙って耳を傾け、こまかく書き留め、たしかめるように問いただしたりした。去来に語った「不易、流行」も土芳との語らいでなお深められてきたのである。

「昨年伊賀へ山越えするときの〈はつしぐれ猿も小蓑を欲しげなり〉は不易であり流行であると仰せでしたが……」と土芳は言った。

「細かく別けることは難しいが……一つの例となろう」と芭蕉は言った。

歳旦句についてもめでたい春に乞食をだすとはという非難が京などで聞かれると芭蕉の耳に入った。が芭蕉はよくやるようにふんと鼻を鳴らしたばかりであった。

……選集抄の昔を思い出でて……と荷兮への手紙に書いた芭蕉は、西行などを思い歴史的時間の上で句を作っている自身の世界が、はるかに真の風雅に近いという思いがあった。不易の句とは何か、流行の句とは何か、そしてどのようにその考えを実践していくかという芭蕉の心は、そんな瑣末な指摘とは全くかけ離れたところにあった。

不易流行の句とは風雅の真を突き詰めていく中で生まれてくるのであり、日々その探求につとめるからこそ変化が生まれてくるのである。

責めるものは必ず一歩進む道理である。仮にも古人のよだれをなむる事なかれ。古人の跡を求めず、古人の求めたるところを求めよ、と土芳らに芭蕉は説いた。奥州行脚中の自らの心を普遍化したものでもあった。

三月二日、風麦亭で土芳、半残を交え八吟、四十句をおこなう。身内や友人などの気の置けない会であった。

木の本に汁も膾も桜かな
明日来る人はくやしがる春　　風麦
…………
降りかかる花になみだもこぼれずや　　風麦
雉やかましく家居しにけり　　土芳

風麦亭の庭前の桜が開け放した縁から部屋に吹き入ってきた。

今春のこの会において芭蕉は又前進のきっかけをつかもうとした。

「花見の句のかかりを心得て、少しかるみをした」と芭蕉は言った。

種芋や花の盛りに売り歩く
炬燵ふさげば風変わるなり　　　半残

土芳、良品との四吟の歌仙である。厳しい冬の寒さから抜け出し、人々と共にうららかな陽光のもとに歩み出した芭蕉の気持ちを素直に展開したものであった。

春雨や二葉に萌ゆるなすび種

三月十日には江戸の杉風にあてて書簡を書き、一、二月は持病の痔の下血で伊賀にとどまり、暖かくなり次第、京へ出て去来のところへ立ち寄るのでと手紙などをそこへあてるようにと告げている。

……なおなお猪兵衛、桃印油断仕らず候様に仰せ付けらるべく候……

芭蕉は伊賀にいて尾張、膳所、江戸、奥州行脚中に出会った人々などへたびたび連絡をとっていた。

また江戸の猪兵衛、桃印など身内の人々の世話は杉風はじめ江戸の門人らにまかされていたのであり、桃印らの身辺にこの頃から気がかりな事情が生じていたことがうかがわれる。それは後に明らかになる桃印の健康状態とそれに由来する生活上の問題であったであろう。暖かくなるとともに、また藤堂修理邸、百歳邸などで歌会が行われた。

似合わしや豆の粉飯に桜狩

これらの発句などはいずれも穏やかな季節感にあふれ、故郷でゆっくり春を迎えた芭蕉の落ち着いた気持ちが感じられるものであった。

三月下旬には伊賀を出て、琵琶湖のほとり膳所で曲水、珍碩と歌仙を巻いた。伊賀でと同じ発句であり、自信の作でもあったのである。

木の本に汁も膾も桜かな
　西日のどかによき天気なり　　珍碩
旅人の虱かき行く春暮れて　　曲水
　…………
医者の薬は飲まぬ分別

花咲けば芳野あたりを欠け廻り　曲水
蛇にささるる春の山中　珍碩

琵琶湖の春を江戸から戻った曲水、医師珍碩等近江、膳所の人々と味わい惜しんだのである。

四方より花吹き入れてにおの波
行く春や近江の人と惜しみける

このころ、前年秋以来芭蕉と同行していた路通が江戸へ下ることになった。敦賀以来ほぼ芭蕉と共にいた路通であったが、その行動に疑念を伴うことが生じていた。高価な茶入れが路通の身の回りで一時紛失したのであった。

草枕まことの花見しても来よ

芭蕉は路通にこのような叱責の句を送ったのである。が「みちのくの歌枕、見てまいれ」と都を追われた平安の歌人実方にも倣ったような句の趣には、まだ路通に対する芭蕉の情が感じられる。路通にとっては師弟の情に依然として甘える思いは失われていなかったであろう。

四月六日、芭蕉は琵琶湖畔国分山の幻住庵にはいる。

幻住庵は膳所藩菅沼曲水の叔父の住み捨てた後にあちこち手を入れて、芭蕉風雅のたよりとする絶好の地として、曲水が用意してくれたものであった。

まづ頼む椎の木もあり夏木立

琵琶湖を望む景勝の地であり、俗世を離れ、風雅一筋に過ごせるようにという曲水のはからいであったが、現実は理想どおりにはいかなかった。

四月八日、芭蕉は早速曲水の弟である怒誰に手紙を出し、幻住庵に落ち着いたことを告げ、江戸よりの藩の使いを介しての書状の礼や、干瓢の礼などを述べると共に、路通のことに言及している。

……隠桂が罪は路通にゆずり、路通が罪は隠桂にかづけるていに覚え申し候。いよいよ恐ろしく候……と嘆いているのである。ことの真相は闇の中であった。

路通の件は曲水、怒誰に詳しく報じられているので、二人を通じて芭蕉と縁ができたものと考えられる。

入庵後は、早速野水が訪れ、杜国が亡くなった知らせを持ってきた。

杜国の死は尋常の死ではなく、自ら選んだものらしいということである。

「とても私は芭蕉翁にお目にかかることができない。よくよくお慰めして欲しい」という越人の言葉や悲傷のようすなどをも野水は告げた。

年は若いが老成した人柄の野水は、近年妻を亡くしており、幼子を見てもうれしさと共に悲しみの種でもあり、残された品をひそかに身近くおいてみたり、又遠ざけてみたりなど愚かな心迷いがあるなどとしみじみと語った。

伊賀からの便りを杜国は見たのであろうか、それはかえって杜国を苦しめたのではないだろうかなどと芭蕉も野水とかたり、眠れぬ一夜をすごしたのであった。

「ここはあまりに人里を離れているゆえ、御不自由もおありでしょう。折にふれお訪ねするよう皆々にも申しましょう」と野水は山を降りていった。

芭蕉は悲しみを抱えたまま、ひとまず幻住庵に落ち着いたこと、野水が訪れたこと、杜国が亡くなったことなどを伊賀や江戸の其角らにも知らせてやった。

又この年三月一六日夜、金沢の大火によって、奥州行脚の途次世話になった北枝が被災してしまった。

年初の挨拶で、北枝をはじめ加賀の人々が芭蕉の歌仙などを取り集めて刊行する予定なので、句を寄せるなど協力して欲しい旨、荷兮などに依頼していた矢先である。

芭蕉は北枝にも自身も甲州で苦労を重ねたなどと見舞いの手紙を送り、北枝の句

焼けにけりされども花は散りすまし

を激賞し、他の人々の様子なども問い合わせている。さまざまな生活上の問題などに直面している門人、知人達であった。

江戸ではこの四月八日、母の寺に詣でた其角が四年たってもいえぬ悲しみのなか、一日一句を作り一夏百句を手向けようと志し、自作やその日触れた句などをも記していた。其角は、これらの記録をこの年秋『花摘集』と題して刊行することになる。

幻住庵から、京、大津などへ頻繁に出かけ数日を滞在していた芭蕉の定宿のようになっていたのは、大津の義仲寺、伝馬役乙洲（母智月）宅、加生（凡兆）や去来のところであった。又奥州行脚の後、世話になった如行へ手紙を書いた。

……この度住める所は石山の後ろ、長良山の前、国分山という所、幻住庵と申す……あまり静かに風景面白く候ゆえ、……しばらく残生を養い候。比良・三上。湖上残らず、勢

田の橋目の下に見えて、田上山・笠とりに通う柴人……長明が方丈の跡もほど近く、愚老不才の身には驕り過ぎたる地にてござ候。されども雲霧山気病身にさはり、鼻ひるにかかりて居申し候へば秋末まではこたえかね申べく候、身骨弱にて、つま木拾い清水汲むことは、いたみて口惜しく候。……野水は一宿に参り驚き帰り候。

幻住庵という足場を得た芭蕉は去来、凡兆らを相手に俳諧の新風を実作によって示そうと山を降りて暑い京に向かっていた。去来・凡兆も幻住庵を訪れており、「あの地で一人住まいをされていては何もできませぬ。いくらでも当方にお泊りください」と勧めていた。凡兆のもとへは大阪から之道など初めての人も訪れたりして、芭蕉への入門を願っていた。

市中は物のにほひや夏の月　　凡兆
あつしあつしと門々の声
二番草取りも果たさず穂に出てて　　去来
…………
手のひらに虱這はする花の陰
かすみ動かぬ昼のねむたさ　　去来

奥州行脚以来考えたこと、不易流行についてなど去来や凡兆と議論し合いながら、実作に反映させようとした歌仙であった。

幻住庵では蛇や百足にもなれ、狸の出入りする穴をふさがせたり、湖が良く見えるところに格好の腰掛を見出したりなど、生活もある程度おちついても来た。

曲水への書簡では隠桂が幻住庵に同庵を望み困り果て申し候、と述べ、曲水も江戸におり留守であり、山庵人多きも遠慮がましく、ご無用になされ下され候えと断り申し、などとも書いている。

路通はその後行方が知れないが、たとえどこかで倒れても、茶入れはもう見つかっているので、袋から怪しいものが出てくる恐れはなく、名誉は守られるなどと書いているが、路通の身も、杜国の例も有り、気がかりであった。芭蕉は江戸へも行方を問い合わせていたのである。

凡兆らの招きに京へ出てもあつさがひどく、細かい彼らとの議論にも疲れ、〈おもふことふたつのけたる其のあとは花の都も田舎なりけり〉と申して逃げ帰ったとも書いた。だが、すずしい幻住庵にも七月末までは居られないであろうと綴っている。

思いがけぬさまざまな出来事があり、人々の訪問も多かったが、又、芭蕉として深く自らを省みねばならないこともあった。

いずれは離れねばならない幻住庵において、そこでさまざまな思索したこと、探求した俳諧の真の精神についてなど、風雅に専心できる条件を与えてくれた曲水への礼としても芭蕉は書き残すことになった。

六月頃から芭蕉はその執筆に取り掛かったのである。文章としては短い二千字ほどのものであり、芭蕉は俳文と呼んでいる。去来、凡兆の批評を求め、又漢文の知識を願うということで去来の兄、元端にも批判を求めた。「俳文はわからないので……」という元端に真文（漢文）に違うことがあるといけないのでと重ねて批判を願っている。凡兆や去来の指摘にも一字、二字の書き加えや文の続き具合など、細かい指摘にも答え、「方丈記」などを引いて自らの意図を述べたりし、遠慮なく評するよう求めた。

予定している選集に俳文の一つとして公表することをはじめから考えて、執筆していたものであった。

その間にも庵での生活のためにとさまざまの日用品、食料などをもって門人が尋ねてきたり、送られた品への礼状などを書いている。また北枝の兄牧童には返書として

……一とせの変化夢の如くにて、ひとしおお懐かしく……大火の跡、いまだ……御心も静かなるまじく候。……諸善、諸悪皆生涯の事のみ、何事も何事も御楽しみならるべく候。

とのべ……其元にて書き候ものはお焼きなされず候由、米櫃は焼けもうすべきにと存候とのべ、この度一、二枚書き進じ候などと述べている。

又この六月、珍碩が芭蕉、曲水らと春にまいた歌仙を『ひさご』として出版する。


……江南の珍碩われにひさごを送れり。これは是水しょうをもり酒をたしなむ器にもあらず、或は大樽に造りて江湖をわたれといへるふくべにもことなり……


などの荘子を引いた越人の序文である。

芭蕉は伊賀の門人に『ひさご』を斡旋し代金の世話などをしてやっている。

七月なかばに入ると、幻住庵の夜はぐっと冷え始めた。月光に輝く湖水の美しさは離れがたく、曲水の気持ちはありがたかったが、芭蕉の体力からはそろそろ限界となってきた。

この間、幻住庵には十数人の人々が訪れている。大きな体で汗まみれになりながら上ってきた珍碩はこんな句を披露した。

細脛のやすめ処や夏の山　　珍碩

涼しさやともに米かむ椎が本　如行
啼くやいとど塩にほこりのたまる迄　越人
越人と同じく訪合わせて
蓮の実の供に飛び入る庵かな　等哉

訪問者は皆実感のこもった句を残した。

奥州行脚中の句や当年の去来、凡兆、伊賀の門人の句など春、夏の発句をある程度まとめ、歌仙一巻をまき、幻住庵の記をあらましめどをつけ、芭蕉は七月二十三日山を降りることにした。

幻住庵の記は、其の末尾が前記の〈まづ頼む……〉の発句となっていることからもある程度明らかなように、そこでの生活を細かく書きとめたという性格のものではなかった。幻住庵そのものの描写とそこへたどり着いた自分自身の境涯を振り返るものとなったのである。実際芭蕉は、庵を留守にし、京などに出ていることが多かった。

去来や凡兆らと選集の大まかな性格を考え、俳文の集を作るなどの新しい企画を立てたりしていたのである。

身の回りに起こったさまざまの出来事、奥州行脚を経ての俳諧にかける思いなどを突き詰めるとき、芭蕉は改めて自分自身を考察の対象とせざるをえなかった。

七月二十四日には怒誰にあてて、二十三日に其の地の庄屋に告げ、庵は近くの神社の神主に管理を頼み出庵したと告げている。

……在庵中何のさわりもなく、……此度の御厚志忝くと書き、かたみにと荘子を譲っている。連れの僧と共にあたりを清め、荷物をまとめて、その後は義仲寺あたりに滞在していたと思われる。智月、正秀、去来などにも出庵を告げ、九月名月の頃までは琵琶湖の近くにいる予定であった。

八月中は去来等の評を受け、元端の指摘をもうけながら、五、六回の改稿を重ね、月末には『幻住庵記』を完成させた。


……かくいえばとて、ひたぶるに閑寂を好み、山野に跡をかくさむとにはあらず……やや病身人に倦て、世をいとひし人に似たり……つらつら年月の移りこし身の科を思ふに、ある時は仕官懸命の地をうらやみ、一たびは仏利祖室の扉に入らむとせしも、たどりなき風雲に身を責め、花鳥に情を労して、暫く生涯のはかり事とさえなれば終に無能無才にして此一筋につながる……

また、江戸へも書簡を送って、俳文などを集めて、寄せるよう求めた。

去来や凡兆にも俳文を試みるよう勧めていた。

歌仙を作るには数人が集まって数日かかることもあり、作るにも味わうにも約束事がある。

発句は短いもので、状況を味わうのに説明が必要な場合も有り、奥州の旅での句などについて、そのような困難を芭蕉も感じた。

『幻住庵記』を綴って見て、文章でのみ言い表せる事柄とその広さを芭蕉は感じていた。自分自身の新しい欲求をも感じていたのである。俳諧を捨て浮世草紙に進んだ西鶴を、芭蕉は忘れてはいなかった。

(4)

其角は四月八日の墓参以来一日一句に努めていた。自身で句を作るとともに、訪れた人より聞き知った句、来信の中にあった句、思い出したり、読書した中にあった句などをも記し、それらを『花摘集』としてまとめ七月下旬発刊する。

六月には……嵐雪がやはり俳諧選集『其袋』を出版している。

嵐雪はしみじみした手紙などさっぱりよこさないので、どのような集を作るつもりかわからないと芭蕉は去来らにこぼしたが、其角からは『花摘集』の計画を伝えられていたので発刊を心待ちにしていた。

……四年過ぎつる春秋も悲しびをもよおすかた多かりければ、思いを是によせて、心さしを手向け侍りしより……朝夕の人のすくなき折々……一夏百句にみちたれば花摘と名付け侍る也。其日、其夜の見聞の句句、結縁となして……高位、高徳、師弟、親疎をわかつ事なきは日記なれば也……

日々花を摘み、仏前に供えるという心から、花摘みと名づけたのである。

八日、

　　灌佛や墓に迎える独言

十二日、

　　僧正の青きひとえや若楓

十九日、自愧

夜あるきを母寝ざりけるくいな哉

眠れぬ夜をすごして遠くくいなの鳴き声を聴きつつ、十代の初めから夜更けまで出て歩くようになった日々のことを其角は振り返っていた。自分を待って、母は幾夜眠れぬ夜を過ごしたことかと其角は考えたのである。それは一方で悔ということだけではすまないやはり深い自身の要求から始まっていたことであり、現在につながる日日であった。

二十八日、此日閑にあきて……翁行脚の……と羽黒山での歌仙をひらいて記した。

五月朔日、卯月十八日の文の中に聞こゆとして、去来の鼠説という俳文を挙げている。鼠鼠暮に出て朝かくる。家にいて人を恐るるは……と始まる鼠を擬人化しおかしさを狙ったものである。

三日、信濃へ参らるる人暇乞いせらるる餞に

うつばりの蠅を送らん馬の上

四日、芭蕉の　木の本に……が載せられており、今春の発句が送られてきているとしれる。

十日、三蔵といひけるかたいのもの、つづれたる袋より俳諧の歌仙取り出して、点願はし

きよしを申してしさりぬ。其の巻の前書きに

ここにいやしき土の車の林の陰に身を悲しめる有りと書けり、いかなるもののなれるはてにか有りけん。かの巻の奥書に申しつかはしける

あまさかる非人貴し麻蓬

梅が香や乞食の家もと聞えつるにほひ有けるにや、かかる功徳をうけ給ひて

名木を乞食に習ふ桜かな　山川

十七日、伊良子の杜国例ならでうせけるよしを越人より申し聞こえける、翁にもむつましくて、鷹ひとつ見つけてうれしと迄にたつね逢ひける昔をおもひあはれみて

羽ぬけ鳥鳴音はかりそいらこ崎

其角はついに杜国に会ったことはなかった。

六月三日

水うてや蟬も雀もぬるる程

五日

男なら一夜寝て見ん春の山　とよ

十日、法家本門の心を

雨露は有漏の恵みぞもとの花の雨　車輪下　非人

麻蓬という句を結縁に申しつかはしたれは我母の追善とてこの句を送りける也。翁当歳旦に

こもを着て誰人います花の春

と聞こえしも未来記なるべし

この出会いを後に其角は去来・凡兆あての手紙で詳しく知らせた。

二十七日

ぬか味噌に年を語らん瓜茄子

七月七日

名のたたぬ夫婦世に有り天の川　仙化

当年も予が竈ふすべける身のねがはしかるべき事やあるとせめたれば言下に

何々を七色あげん星祭　是吉

引越しばかりされていて家もなく、嫁様もいらっしゃらず、当然お子もなく、夏の袴もなく、冬の紙子もなく、お部屋は書物ばかりで、お休みになる布団を広げる広さもない……と是吉は言ったのである。

一九日　満百

有明の月に成けり母の影

我も又もらひ泣きせん秋の蝉　筍深

蝉の声諸虫手向けの千部哉　　　　東順

其角の百句に他の人々の句、歌仙六などを集めたものであり、江戸勤番中の曲水の句もある。

（5）

九月には其角からの便りによって、芭蕉の跡をたどり、奥州を回ってきた路通が江戸に居ることや、俳諧選集の出版を計画していることを知り、曲水にも知らせている。路通の行方がわかり、芭蕉も少し安心したのである。

夏中この件で悩まされた芭蕉は、……なま禅、なま佛、これ魔界……の語を隠通が守袋に入れてとらせたく候と書いている。同日付で曾良にも手紙を送り、

桃印ゆがみなりにも相つとめ候よし仰せ聞けられ、大慶仕り候。少しも出かさずとも、ころばぬばかり大きなる手柄にて御座候。油断仕らず候ようにお伝え頼み奉り候。勘兵衛も見事口過ぎいたし候由、気毒に存じ候。親子兄弟いさかひなど致さざる様に御申し付け成され下さるべく候……

路通事、何やらかやらにて申し尽くし難く候。国々門人方へも名高く申し広め候ひて、只今口をすぼめ候も面目なく候処、先先出候へばよく御座候。されども少し存念御座候ひて、対面、書中ともに断切致し候。

と書いた。奥州行脚以来、曾良とはかかわりが深かったからである。

杉風も芭蕉への書簡の中で、路通のことに触れ、

……少し届き申さず候路通と存知候えども、その段少しも改め申すにては御座なく候……拙者手前のこと算用には余慶も相見え……酒井様肴代七、八百両ずつ掛け置き申し……

と述べ、芭蕉一人のことは充分お世話できるということを書いている。

路通の行方を芭蕉が江戸まで訪ね、心配していたことは、事情を知らぬ江戸の門人達の不審をかっていたのである。

昌房からそば粉を進上するとの話が有り、芭蕉は智月や木節にもご馳走しようと思い又、粉が余るようなら探志、珍碩を誘おうと思った。体も大きく、大食の珍碩の最近の俳諧上達について「比叡の山に木履はかせ」と形容したことを思いだすと自分でもおかしかった。

江戸からは嵐蘭が俳文「焼蚊詞」をおくってきており、芭蕉は是を凡兆にも推奨し、去来にも見せた。

万葉集の山上憶良の長歌に通じると三人は感嘆し、芭蕉は少し気になるところを手紙で指摘した。

去来の鼠説とともに今回の選集に入れようとの心算であった。

凡兆の「烏を憎む之文」については、芭蕉は感心したが、文章がくだくだしくなどといい、芭蕉の指摘に従って直すか、芭蕉の文章として発表してもよいかなどとも手紙に書いた。

「烏を憎む之文」はこのままではただの早物語、烏の伝記になってしまうと述べ、何を底意に書くかが大切と述べている。主題といわれるもののことであった。

『幻住庵記』を仕上げたので、選集に入れる他の人々の作品を検討することになったのである。さまざまな心配ごともやや片付き、文集について見通しもついてきたので、芭蕉も少し休息しようとさそわれるまま、堅田へ出かけていった。だがそこで風邪を引き、やむをえず数日臥せったまま句を作った。

病雁の夜寒に落ちて旅寝哉

海士の屋は小海老にまじるいとどかな

其角からは『花摘集』中の三蔵の件について去来、凡兆あてに詳しい手紙が送られてきた。

　　興尽てかの巻を一巡すよりしく手なければ
　やぶいたち道きるように思はれててんをかけたる筆のなげ鞘

点を（批評して点をつける）と望まれても、その筆遣いといい、古典をふまえた文章や前書きといい、各句の趣といい、とても批評などするどころでなく、傍線をつけて点付けをするなどは、いたちが道を横切るように思われて筆を投げました。という返歌を送った。
そして、是も結縁であるからと母への一句を心にうかぶままをよせてほしいという其角への返書に、

いともかしこくかけまくも忝き御なさけの御ことのはにさりともと……まことにかたじけなき御志の御母公の尊霊御追孝の作善　折からの季によせて花つみとやらん集えらませける　其に付て予か句も　あらばとて　此のみちの情けに一蓮の数に入てくれなんと仰せらるる　あひかたきは時去かたきは貴命　今さらかかる節にあふこと世以てためしあるべか

らず　さらに恐れ奉るけしきもなく……句作り二つ三つ捧まいらせ　あはれ尊慮にかなへかしとねかひ奉るばかり……

雨露は有漏の……の句はこのようにおくられてきたものであった。

三草二木をのがいろいろに受得たる風雅なれば此集に書くわえて、其実をひろはしむさかなき人の口にかかりて　はらあしきよしなしことなるべけれども……友ありてこそさかづきをめぐらす……一灯の礼手ひかりをそえ　花つみの花おのつからしほるる事なかるべし……

乞食の文二通のぼせ候て御目にかけ申したく候へども　是は我等文庫の重宝にて候まま折もあるへく候　季吟は公方様の御点者　私は乞食の師となり候事　天地懸隔に候へども此道の満足御察し下さるべく候

このような其角の手紙であり、「今度の文集に是非この「未来記」も載せることにしよう」と去来と凡兆は熱を込めていった。

「『花摘集』は其角らしさが現れた見事なものだし、この送られたという句や前書きもすばらしい」と芭蕉もうなずいていた。

去来が持参した菓子を盆に載せて羽紅が三人のまえにならべ「あのお方の母ぎみを思う真心が表れていて、涙がこぼれました」といった。

文集の他にも新風を実践する歌仙を巻くという仕事が残っている。是がもっとも芭蕉が重要視しているものであった。去来・凡兆と巻いた夏の歌仙に続き、秋の歌仙を野水を相手にまくことを決め、都合をといあわせて義仲寺の草庵で歌会を開いた。

灰汁桶の雫やみけりきりぎりす　凡兆
　あぶらかすりて宵寝する秋　芭蕉
新畳敷きならしたる月かげに　野水

…………

糸桜腹いっぱいに咲きにけり　去来
　春は三月曙のそら　野水

野ざらしの旅以来、江戸へも訪れ気心も知れている野水を交えての会は、去来、凡兆というそれぞれの個性もかみ合った歌仙となり、芭蕉も満足した。

選集の件も年内に全体をしあげることはとても無理であり、持病もよくないので、年内の帰東はとうに断念している芭蕉は九月末、去来、凡兆、正秀、智月などへの礼状を書き、伊賀へと向かった。

しぐるるや田の新株の黒むほど

山里を抜けながら、芭蕉は年内にもう一つ残った目標、選集に入れる冬の歌仙をおり上げるという目標について考えていた。

春から夏の幻住庵入庵以来、長く京、大津あたりに滞在している間に、去来や先年の其角などのつながりで新しい門人達が増えてきている。仙洞御所を介しての野童、史邦、彼らと同藩だった丈草、又美濃の支考もそうであった。

去来、凡兆、芭蕉と共に冬の歌仙をまく連衆としてはその一人の史邦と決まった。

史邦はまだ半年ほどの付き合いである。

芭蕉がまだ若く宗匠としてそれほど評判もなかった江戸でかかわり始めた門人、又苦しい模索時代の野ざらしの旅以来の門人とは違い、現在の芭蕉は蕉風という一風を立てたものとみなされるようになっており、入門を願う人々の気風なども少しかわってきた。

仙洞御所へ勤める与力であり、半年前に幻住庵へ正秀と共にやってきた史邦のことを芭蕉は考えていた。

笠あふつ柱すずしや風の色　史邦
月待つや海を尻目に夕涼み　正秀

柱にかけてある笠が風にあおられている様子を詠んだものであった。訪問者皆に、芭蕉は句を詠むように強いていた。そして、山を登ってきた人々は皆実感にあふれた佳句を残した。日ごろの生活を離れることによって、社会的立場を離れ、自由に発想するということが可能になってくるのであろう。

凡兆の斬新な発想、豊かな人間性が感じられる去来の句などを芭蕉は高く評価していたが、史邦の句はまだそこまで到達しているとはいえなかった。だが、彼は去来に教えを請うなどして熱心に学び、芭蕉にも生活上のさまざまな配慮などを諮ってくれていた。

今度の選集は良き句が出揃っている時雨の句を押し立てて、新風を打ち出そうという去来・凡兆の方針であり、冬の歌仙もそれに沿って、仕立てていこうと考えながら、落ち葉にすべる山道を芭蕉はたどっていった。

伊賀の人々は又芭蕉を温かく迎え入れた。芭蕉の暮らし方が人々にも受け入れられたのであり、伊賀にも草庵を作ろうと予定していたのである。

土芳や昔からの友人卓袋、猿雖などは新しい門人を増やそうとしていた。これには、芭蕉の生活基盤を支え、選集発行を助けるという経済的目的もあった。

「京・江戸でこれだけ評判を得ていられる芭蕉翁であるから、私どもも相応のお助けをしたいもの……」と卓袋らは言っていた。

だが、不易流行の句という土芳の詞は伊賀の初心の人々には難しく響いたらしく、はかばかしい句づくりもできないようであった。

芭蕉はこれらの人々にも顔を合わせ、それぞれの句を評するなどして句作を励ましていた。狭い土地に暮らしている伊賀では、それぞれの階層秩序が厳しく守られており、旧来のしきたりを破るのは難しかった。封建の制度は厳しく、浪人は許されず、四年ごとに藩に戻り居所、生活実態などを報告する義務もあった。いろいろな立場の人々が広く集まることによって、新しい風を起こすということは難しい土地柄であった。

伊賀には九月初めに江戸へ送った曾良への手紙の返書が届いていた。

芭蕉の持病については、連衆のなかに老医もおられるのだから、こころのままにご養生をなされ……などと述べ、けれども江戸は不自由ながら決まったご住所があるので心安きとも書いている。今冬にお帰りがないならば来春にお迎えにまかり上りとの予定をつげた。

又路通について、詳しく事情がわからないが、芭蕉が対面、書中ともに断切というものを、自分が会うのも無用と思うがどうしたらよいかなどと尋ねている。

桃印、次郎兵衛など、身内の人々の無事を告げており、彼らを常時見守っていたことがわかる。芭蕉もまた、彼らの様子を気に掛け、連絡を願っていたものであった。

他にも秋以降居所を定めていなかったため、多くの手紙が届いており、芭蕉はそれらへの返書を書いた。

その間、京からは四吟歌仙の日程が報じられたので、芭蕉は又、京へと山道を越えて行った。馬に乗ったり、駕籠で行ったり、徒歩で行ったりと、天候、体調、気候にもより慣れた道中ではあったが、芭蕉は体力の衰えを少しずつ実感せざるをえなかった。伊賀と京を頻繁に往復することはやめ、暫くは京に滞在する予定であった。

鳶の羽もかいつくろいぬはつしぐれ　　去来
　一ふき風の木の葉しづまる
股引きの朝からぬるる川こえて　　凡兆
　…………
一構えしりがいつくる窓のはな　　凡兆
　枇杷の古葉に木芽もえたつ　　史邦

選集のためのもっとも力を入れている冬の歌仙がふさわしいでき栄えで巻き終わった。

史邦も立派に役目を果たしたのである。まず今年の大きな目標が終わった。
芭蕉はそのまま京、大津の近くに滞在して、その地の人々と交遊していた。
十二月、京都上御霊神社の神主示右亭で年忘れ九吟歌仙興行。

半日は神を友にや年忘れ　示右
雪に土民の供物納る

連衆は他に凡兆、去来、景桃丸、乙州、史邦、玄哉、好春である。
また、丈草、支考、野童などを交えての六吟歌仙もある。

引き起こす霜の薄や朝の門　丈草
柿の落ち葉をさがす焚き付け　支考

北枝に代わり卯辰集を編纂発行しようとしている句空にたいし……三年前の風雅は後矢を射る如くなると述べ、……相談のため三月ごろ上京するよう求めている。

……去りながら世上の人に御座候えば、心に任せぬこともあるべく……その場合は……
何事も沙汰なしに急急板行おすすめなさるべく……

などと書いた。
この間木曽塚、乙州の新宅などに滞在していたと思われる。この間の句には

去ね去ねと人に言われても猶喰いあらす旅の宿り、どこやら寒き居心を侘びて

住みつかぬ旅の心や置炬燵

人に家を買わせて我は年忘れ

昨年に引き続き、旅の空で暮れた元禄三年であった。

(6)

元禄四年の元旦は望みどおり木曽塚で琵琶湖の眺望を楽しんだ芭蕉であった。
三日にはまた北枝に当てて句空と同様の手紙を書き上京を願っている。
四日

大津絵の筆の初めは何仏

今年最初の句であった。

昨年末からは寒気も甚だしく体調も悪かった。智月や乙州の妻荷月などの世話になっていたのである。

一月初め、乙州が江戸へ商用で下るため、新宅で餞の歌会が開かれた。連衆は八人、芭蕉、乙州、珍碩、素男、智月、凡兆、去来、正秀である。

梅若菜丸子の宿のとろろ汁
笠新しき春の曙　　　　乙州

ここで二十句まで仕上げ、伊賀で継ぎ、最後は三月に京で満尾することになる。

芭蕉はこの歌仙を持って伊賀へ帰った。腰や肩の痛みに耐えながら、かごに揺られて帰ったのである。

乙州が江戸へ向かったため大津での芭蕉の世話は膳所の正秀に託されることになった。正秀らは義仲寺の境内に草庵を立てようと準備していた。芭蕉は草庵は簡素なものをと希望し、……浮雲無住の境涯大望ゆえ……漂泊致し候と述べている。

が、今この手紙を書いている兄の茅屋へも……ほこりの中へ大勢入り込み候ひて……という具合に、伊賀でも土芳はじめ人々が挨拶や風雅の話を求めてやって来ていた。

藤堂修理邸の句会では、

山里は万歳おそし梅の花

やはりゆったりした趣の伊賀での句である。

この間奈良での薪能見物などに出かけ、二月十二日江戸の嵐蘭宛の手紙を書いた。今年中に江戸帰東と告げ、北鯤、山店兄弟の様子を尋ね、嵐蘭の俳文などにも触れている。また怒誰にも持病のめまいの見舞い養生の大切さなどを述べ、伊賀でも引き止められているが、四月末には京へ出て、その後は吹く風に任すべくなどと書いた。だが選集が仕上がるまでは在京の心算であった。

少しずつ周囲の山々にも薄い彩が見え、芭蕉が伊賀の門人の句や上京の日取りなどを考えながら、小庭の草の芽などを摘んでいると、数人の子ども等が叫びながら通りから駆け込んできた。「江戸からのお客様、お客様……」と叫んでいるのであった。

子ども達に案内されながら、裾をからげた旅姿でにこにこ笑っているのは先日手紙を宛て、江戸に居るはずの嵐蘭であった。

「お手紙を拝見している間に急に矢も盾もたまらなくなり、お役にもお暇があることがわかったので、思い立って上京したしだいです」と嵐蘭は門口に立っていった、

「なんともうれしいお客人だ」と芭蕉は喜び、早速土芳らにも知らせをやった。

「再々お手紙を戴き、是非京の去来様にお目にかかりたく……京にも三日ほどしか滞在できませんが……」と忙しい中にも周到な計画をしたらしい嵐蘭の言葉であった。

芭蕉も早速去来に手紙をあて嵐蘭京滞在中の宿の手当てを願っている。……凡兆の家は町屋であり、浪人を泊めることは大家にも迷惑するのでと述べている。芭蕉自身もけして宿所を自由にできるわけではなかった。

伊賀で土芳らと継いだ乙州餞の歌仙を京で仕上げようと再会を約し、嵐蘭は京へ向かった。伊賀では乙州への歌仙二十一句目から三十二句までを半残、土芳、猿雖、園風で継いだ。芭蕉はこれをもって京へ出かけ、凡兆の元で嵐蘭、史邦、野水、羽紅とついだのである。

形なき絵を習いたる会津盆　　嵐蘭
　薄雪かかる竹の割り下駄　　史邦
花にまたことしのつれも定まらず　　野水
　雛の袂を染むるはるかぜ　　羽紅

春の歌仙が仕上がり、選集に入れる四季の歌仙が揃った。この歌仙に嵐蘭が加わったことは歌仙の飾りであると去来も智月も喜んだ。総数十五人で巻いた歌仙となった。

嵐蘭はこの機会に是非と幻住庵を訪れた。まだ一年はたたず、庵はしっかりと深い木立の中に立っていた。道々の木々の茂り、人里を離れていること、すばらしい眺望などは嵐蘭の思い描いたとおりであった。

春雨やあらしも果てず戸のひずみ　　嵐蘭

嵐蘭は江戸へ帰り、芭蕉はまた伊賀にいて選集のために初心の人々へ句作を指導したりしていた。

三月末には前年の約束どおり曾良が上京してきた。奈良へ出かけていた芭蕉とまず奈良で出会ったのである。選集発行の進展に合わせ、予定通り江戸へ帰る芭蕉の供をするつもりであった。だがこの頃伊賀では、芭蕉の供をして江戸へ出て俳諧師になりたいと願っているものがいた。

芭蕉が一作年からたびたび土芳らを相手に不易流行を説いたり、人々の作を評したりしている席に必ず顔を出して、座の手伝いをしたり、さまざまな世話をしたりしていた桃隣であった。まだ若く、以前から俳諧に親しんでいたというわけではなかったが、身内の一人として芭蕉の身近に接し、その説に深くうなずき、人々の敬愛を集めるその姿にも魅せられて、江戸に出て俳諧師になりたいという願いを強く抱くようになったのである。

一方、江戸では芭蕉の跡をたどって奥州から戻った路通が其角などを頼って、曲水に詫びを入れ、また俳席を共にするようになっていた。

路通は奥州へ出る前に尾張で越人に出会い、それとなくわけを話して、芭蕉に詫びを入れようと思ったのであるが、越人は「僧である貴方には僧侶としての道があるでしょう」といい、

散るときの心安さよけしの花

の句を示した。……罪を償って、杜国は死んでしまったのですよ……と越人は言いたかった。その路通の句も選集に入れられることになった。曾良はこの間吉野、熊野、和歌の浦などを精力的に見てまわった。

四月十八日芭蕉は去来が用意してくれた嵯峨野の草庵（落柿舎）に入った。町中ではないが人里に有り、静かでありながら生活の資を得るに不便はなかった。

二十日には凡兆・羽紅夫婦・去来などが一宿し、一つの蚊帳で暑い上に狭くて眠れず、起きだして夜明けまで語り合った。

二十二日は乙州が江戸より戻り、持ち帰った曲水、嵐雪などの手紙多数が届いた。

曲水が芭蕉の旧庵を訪ねて、

むかし誰小鍋あらひしすみれ草　　曲水

ぜんまいの塵にえらるるわらび哉　　嵐雪

二十八日には夢に杜国の事を言い出して涕泣して覚める……

我夢は聖人君子の夢にあらず。まことにこのことを夢見るこそいはゆる念夢なれ。我に志深く、伊陽旧里までしたひ来りて、夜夜床を同じく起きふし、行脚の労をたすけて百日がほど影のごとく伴ふ。片時も離れず。或る時はたはぶれ、或る時は悲しみ、其の志わが心裏に染みてわするることなければなるべし。覚めてまた袂をしぼる。

二十九日は奥州衣川のことを歌った詩を読み、自身が見た景色と違うので、古人といえども其の地に至らざるときは其の景に叶わずと実地を踏むことの大切さを感じている。

五月二日には曾良が訪れて宿泊し、江戸の門人知人の話などにくれた。

五日、草庵落柿舎を出るまでの日々を芭蕉は日記に綴った。三週間に足らぬ日々であったが、去来凡兆はじめ人々が訪れ、いくつかの佳句が生まれるなどの実り多い日々であった。

幻住庵では眺望は良く、自然環境は素晴らしかったが、そこに住み、生活を営む芭蕉にとっては厳しいものがあった。その上人間関係にも、思いもかけぬ試練が待っていた。そこから厳しい内省の『幻住庵記』が生まれたのであるが、落柿舎では静かで豊かな自然環境と、ゆったりとくつろいだ人間関係に時を過ごしたのである。
その中でののびのびと懐かしみのある句を詠んだ。

一日一日麦あからみて啼くひばり
能なしの眠たし我をぎょうぎょうし
五月雨や色紙へぎたる壁のあと

芭蕉はこれらの句を残して、五月五日落柿舎を出、以後凡兆宅を主な宿とした。曾良も京に滞在したので、芭蕉の元に出入りし、編集の話に加わっていた。
五月十日は半残にあてて

……去来集追っ付け出来申し候……伊賀の風流、いづれもいづれも驚かれ候ひて、お手柄にて候……などと今後の集を出す足場にもなると述べた。発句は良き句まれまれとも述べているが、……集の有様はことのほかよろしく……伊賀の手柄大分に……

とも述べている。芭蕉が手を入れた伊賀の人々の句がかなり入っていることが推測される。

五月二十六日の曾良の日記には「集の義取立て、深更に及ぶ」とあり、全体についての最終決定などがなされていたものであろう。

其角の序文や江戸の句は多く入れられているが、俳文は『幻住庵記』のみとなった。またここを訪ねた人々の句、几右日記が載せられた。全体の統一感をとったものであろう。俳文集は後の機会にゆずられたのである。

芭蕉の大和行脚、奥州行脚の句も取られ、膳所、大津などの人々の句も多く入った。

六月十一日、乙州、丈草などと曾良が幻住庵を訪れて詠んだ

涼しさやこの庵をさえ住み捨てし　曾良

この句が几右日記の最後に嵐蘭の句と共に上げられ、選集『猿蓑』の最後の句となった。またこの日北枝編『卯辰集』、路通編『勧進帳』が発行される。

まず大きな仕事を終えた彼らは曾良も交え、京のあちこちへ出かけ、芝居見物などもした。芭蕉は疲れからか体調を崩したりしたが、六月いっぱいは曾良などと共に京であちこち巡り歩いたり、史邦に招かれたりしてすごしていた。

江戸へ芭蕉を連れ帰るつもりの曾良であったが、伊賀の桃隣も芭蕉や周囲の説得に耳を貸さず、江戸行きを願っていた。芭蕉さえ認めれば周囲もそのように取り計らうようであった。

若い日の自分を振り返っても、桃隣の願いを突き放すことは芭蕉にはできなかった。

「江戸へは桃隣を連れて行くようになるだろう」という芭蕉の言葉に、曾良は一人で戻ることを決めた。江戸でも今後いろいろな手助けが必要になるであろうと、二人は考えたのである。

京を出て義仲寺の木曽塚新庵で暫く過ごすことにし、芭蕉は江戸へ帰る曾良と三条の橋で別れた。

「是非早いお戻りをお待ちしています」

「『猿蓑』を見届け桃隣の支度や、さまざまこちらのお礼などが整い次第、寒さが厳しくならぬうちに……」などと芭蕉も名残を惜しんだのである。六月二十五日のことである。

七月三日、『猿蓑』が京井筒屋から出版される。


俳諧の集つくる事、古今にわたりて此道のおもて起こすべき時なれや。幻術の第一として、その句に魂の入ざれば、ゆめにゆめみるに似たるべし。久しく世にとどまり、長く人に移りて、不変の変をしらしむ。……只俳諧に魂の入りたらむにこそとて、我翁行脚の頃、伊賀越えしける山中にて、猿に小蓑を着せて、俳諧の神を入れたまひければ、たちまち断腸のおもひを叫びけむ、あたに懼るべき幻術なり。

其角の序文であり。巻頭の句は

初しぐれ猿も小蓑をほしげ也　　其角
あれ聞けと時雨来る夜の鐘の声　　其角
時雨来や並びかねたるいさごぶね　　千那
幾人かしぐれかけぬく勢田の橋　　丈草
槍持の猶振りたつるしぐれ哉　　正秀

以下、十三句の時雨の句がつづきそれぞれの句意が引き立つようになっている。冬・夏・秋・春の発句、四季の歌仙、幻住庵記、几右日記と展開して、その最後に曾良の句を置いた構成は良く考え抜かれたながれがあり、全体として芭蕉の風雅観をふまえ、旅に生きるというその存在を大きく押し出したものとなっている。

去来集と芭蕉は語っていたが、凡兆や其角の句も多く去来は自ら望んだのでもあろうが、少し引いた形となった。

同じ題材の句は一つにまとめるなどの芭蕉の方針も徹底し、すみずみまで気を配って編集されている。

馬かりて武田の里や行くしぐれ　乙州
だまされし星の光や小夜時雨　羽紅
一いろも動くものなし霜夜かな　野水
水底を見て来たかおの小鴨かな　丈草
魚の影鵜のやるせなき氷哉　探丸
いねいねと人にいはれつ年の暮れ　路通
井のすえに浅浅清しかきつばた　半残
破れ垣やわざと鹿の子のかよひ道　曾良
髪剃りや一夜にさびて五月雨　凡兆
がっくりとぬけ初る歯や秋の風　杉風
おもしろう松笠もえよ薄月夜　土芳
上行くと下来る雲や秋の空　凡兆
つみすてて踏み付けがたき若菜かな　路通
七種や跡にうかるる朝からす　其角
麦飯にやつるる恋か猫の妻

うらやましおもひ切る時猫の恋　　越人
うき友にかまれてねこの空ながめ　　去来
ぼけ蓟旅してみたく野はなりぬ　　山店

木曽塚無名庵にいて、芭蕉は十二日は去来宛に薬や金子の礼と共に『猿蓑』の流布状況などを問い合わせている。また野水上京との荷兮からの知らせに、京で会えるか、木曽塚へ訪ねられるかを確かめて欲しい旨願っている。

この頃京に戻った路通は勧進帳を携えて芭蕉に詫びをいれ、また歌会などに同席するようになった。去来などを交えた五吟、七吟の歌仙がある。連衆は去来を含め史邦、丈草、野童、正秀、惟然が加わっている。休養しながら気軽な歌仙などにでたものであろう。

八月十四日は大津の楚江宅で待宵の会があり、路通、支考も出席する。

十五日は無名庵月見の会を催した。路通、正秀、丈草、智月、昌房、珍碩、支考等が会している。

十六日は舟で堅田に渡り、成秀亭で十九吟の歌仙を行う。路通、丈草、惟然などのほか初めての堅田の人々も多かった。

安々と出でていざよふ月の雲
舟をならべて置きわたす露　成秀

この年閏八月があり、芭蕉は暫く琵琶湖の辺りで遊んでいた。閏八月十八日は瀬田川で舟遊び

名月はふたつ過ぎても瀬田の月

九月三日は膳所の人々と十二吟歌仙、路通が立て句を行う。

うるはしき稲の穂波の朝日哉　路通
雁も離れず溜池の水　昌房

名月も過ぎた頃から、江戸からの帰りを待つという手紙が多くなっている。桃隣も伊賀を出る準備が整ったということであった。九月九日付けの去来宛の手紙に芭蕉は程なく、人々に知らせず、京よりまっすぐ旅立つと告げている。

そろそろ旅立つということで芭蕉は越人、野水らと凡兆宅で出会った。名残を惜しむ短い時間であった。凡兆は先年始めて、歌会に駆けつけてきた越人に出会い

馬下りて水呑む顔や男ぶり　凡兆

と詠んで以来、常々越人の人柄を賞している。

「路通は奥州へ行く前に私と出会ったのですよ。それでけしの花の句を、僧に別ると前書きしたのです。あの方をおそばにお連れになるのはいかがでしょうか」と越人らは忠告した。

だが芭蕉は黙って珍しく不快な顔を見せただけであった。生業を持ち、さまざまな恵まれた環境にいる彼らに、寺もなく漂泊の僧である路通の生活が分かる筈はない、反省し詫びを入れたものを……と芭蕉は思ったのであろう。

藤堂探丸にさまざまのお礼として献上する牡丹の花について、伊賀から取りに来たかどうかなど史邦とも打ち合わせて欲しいと去来に書いた。

早速彼らの手を通して伊賀に達した牡丹について式之・槐市に細かいきさつなどを説明し、礼状の件、このまま京より立つということを告げている。九月二十三日付けの書簡である。

九月二十八日桃隣と共に無名庵を出る。

芭蕉より年長であり、またお目にかかれるかと悲しむ智月に自筆の幻住庵記を、乙州に自画像を残した。

彦根の明照寺、李由方で

尊とがる涙や染めて散る紅葉
　一夜静まる張り笠の霜　　李由

美濃の規外亭で、大垣の如行に是非と来訪を願って手紙を持たせた。道中先行したものもあり、熱田で待ち合わせる者もいる。寒さに向かうので一刻もはやくと……急ぎ……などとも書いている。

だがあちこち、人々の挨拶も受け、知人にも出会い歌仙を巻きと、日数を要した。

木嵐に手を当てて見ん一重壁　　規外
　四日五日の時雨霜月

大垣の斜嶺亭では十吟の半歌仙が行われた。如行、荊口、此筋父子などが出席している。

漏らぬほど今日は時雨よ草の屋根　　斜嶺
　火を打つ声に冬のうぐひす　　如行
一年の仕事は麦に納まりて

また、千川亭に遊びて
折々に伊吹を見ては冬籠り

熱田で支考と合流し梅人亭で九吟一順
水仙や白き障子のとも映り
炭の火ばかり冬のもてなし　梅人

このとき名古屋で露川とも初めて対面する。荷兮も名古屋から見舞いに訪れている。
三河新城の庄屋、白雪亭に逗留し十二吟の歌仙。二子に桃先、桃後の俳名を与えた。
その匂い桃より白し水仙花
土屋藁屋の並ぶ薄雪　白雪

別席の十二吟歌仙では、支考が立句を詠んだ
この里は山を四面や冬籠り　支考
青うて細くけぶる炭窯　淡水

やはりあちこちに招かれ俳席があった。支考のかかわっていた人々も多かったのである。桃隣も少しずつ、俳席にもなれ、歌仙に参加している。

十月下旬沼津に到着し、旅館の主に求められ

都出でて神も旅寝の日数かな

十月二十九日、道中一月ほどをかけて、江戸に帰り着いた。芭蕉の体調にも合わせての旅であり、元禄二年三月奥州に向けて旅立って以来、ほぼ二年半ぶりの江戸であった。

第七章　旅に病んで夢は枯れ野をかけ廻る

（1）

元禄二年奥州へ旅立つ時に売り払った芭蕉庵は、杉風や曾良などの骨折りにもかかわらず、手に入らなかったので、神田橘町の借家に入った。支考、桃隣も一緒である。其角や江戸の門人達も早速やってきて、互いの無事を喜び合い、支考や桃隣と初対面の挨拶をかわしたりした。

この二年半、奥州をたどり、冬の間は伊賀に過ごしたとはいえ、京や大津、膳所など頻繁に往来し、奥州行脚以来の俳諧や人々との交遊で積み上げげた成果を『猿蓑』の出版という形で総仕上げをした。芭蕉にとって自身の風雅観を展開するための奔流のような日々であった。

その芭蕉とも絶えず書簡をやり取りしながら、其角は自分自身もその激流の一端に触れつつ過ごしたと思った。宗匠らしい身なりが少し身についてきた其角はやや肥えたようでもあった。痩身の芭蕉は旅の日焼けもあっていっそう痩せて見えた。

「しばらく上方のゆったり静かなところで過ごしたせいか、江戸のやかましさには閉口する。以前はこれほどではなかったと思うが……」

「それは深川より町中に居られるからで御座いましょう。もう少し静かなところに早く移られると良いでしょう。まあ夜になっても犬猫がうるさく、夜道をうっかり歩くこともできませぬ」と其角はいった。

生類憐みの令によって吠え掛かる犬を防ぐことをもままならないからであった。

「このような世上の有様をどうお思いでいらっしゃいますか、私などは〈化けながら狐貧しき師走かな〉とおとなしくしておりますよ」

「〈かくれけり師走の海のかいつぶり〉膳所で眺めていた湖水ではかいつぶりがこのようにして、いつも遊んでいるがな」と芭蕉は笑った。

桃隣は二人の会話を一言も聞き漏らすまいとしていたが、早口の其角の江戸言葉についていくのに骨を折った。

支考は其角の持ってきた酒を早速あけて、にぎやかに上方との味比べを始めていた。

「あちこち巡りくたびれもしたが、このような若い人々にも助けられて、今日まで又たどり着いたということだ」

ともかくもならでや雪の枯れ尾花

世上をよそに風雅に生きるという日常を貫いてきた芭蕉であったが、その間に、それまで省みなかったさまざまな問題が生まれてきていたのである。

それらの問題が芭蕉を江戸へ引き戻したということもできたが、又それこそが芭蕉に出離の思いを起こさせる原因であるということもできた。

ともかく昨年ごろから急に桃印の健康が悪化し、冬にはとうとう寝つくようになり、働くことは無理な状態になってしまった。寿貞に母として仕え、兄弟として次郎兵衛、おまさ、おふうなどともむつまじく暮らすよう桃印に期待し、又強いていたとも言える芭蕉であったが、彼らの自立した生活は困難になった。

俳諧の隆盛に伴い、宗匠の生活は社会に認められ、経済的にも成り立つものになってきた。蕉風の創始者として一門を率いるとみなされてきている芭蕉は、ここ数年自身の生活も成り立つようになってきたし、それに伴い杉風などに任せていた身内の人々を支えるべき役割が期待されてくる。芭蕉を頼って、江戸へ出てくるものがいるようになった以上は、江戸における桃印、寿貞以下次郎兵衛などの生活は芭蕉の肩にかかってくるのは当然であった。

彼らを支えるべき桃印が病んでしまった以上、今や、桃印を含めて五人の生活が全て芭蕉の背負うものとなってきたのである。京にいた頃から江戸の事情はさまざまに伝えられていた。

四年冬、江戸へ戻ると、まずこれらの問題の方向づけをせねばならなかった。

桃隣はそれらの件でもなれぬ江戸暮らしに戸惑いつつも、周囲の事情を飲み込み、病人の介護、日常生活など実際に役立つ働きを示していた。

この年素堂亭で支考をまじえ、久々に年忘れの句会を開いた

魚鳥の心は知らずとし忘れ

膳所の曲水には滞在中のさまざまの配慮への礼状を書き、医師珍碩が親への如く良くつかえてくれたなど感謝をつたえている。

元禄四年は、支考、桃隣と共に橘町の借家でくれ、元禄五年を迎える。

（2）

人も見ぬ春や鏡の裏の梅

旅の思い出話をしながら疲れをとり、又俳諧宗匠を目指す桃隣にさまざまな知識を伝え、あちこちへの挨拶、礼状などを書いていた。

鶯や餅に糞する縁の先
日も真っ直ぐに昼の暖か　　　支考
…………

支考と二人で歌仙も巻いた。
二月十日は支考奥羽行脚の餞別句会が開かれた。其角、杉風、枳風など十一人が出席する。

この心推せよ花に五器一具

何事も江戸の気風を学ぼうとし、江戸へ出た事で、俳諧の宗匠になるという本懐を遂げたように素直に喜び、日常の雑用などもてきぱきとこなす桃隣に比べ、江戸の賑わいも伊勢には劣るとか、俳諧の本拠地伊勢を蕉風に染め上げたとかの支考の口吻は其角はじめ江戸の人々に評判が悪かった。
春、支考が行脚に旅立ったこと、江戸で点取り俳諧が横行し、其角など少数のものだけはそれに染まらないことなどを、去来や曲水などに書き送った。大阪で還俗した路通について、……とても西行、能因の真似はなりがたく、常の人、常の事を為すに何の不審もない、と書き、破門などの考えはないと曲水に綴っている。

風雅の道筋、大方世上三等に相見え候。点取りに昼夜を尽くし、勝負を争い、道を見ずして走りまわる者あり、彼ら風雅のうろたえ者に似もうし候えども、点者の妻子腹を膨らかし、店主の金箱を賑わし候えば、僻事せんには勝りたるべし。又、その身富貴にして、目に立つ慰みは世上をはばかり、……日夜二巻三巻点取り、勝ちたる者も誇らず、負けたる者もしいて怒らず、……事終わって即点など興ずることども、ひとえに少年の読み加留多にひとし。されども料理を整え、酒を飽くまでにして、貧なる者を助け、点者を肥えしむること、これまた道の建立の一筋なるべきか。又志をつとめ、情を慰め……これより真の道にも入るべき器なりなど、はるかに定家の骨を探り、西行の筋をたどり……楽天が腸を洗い、杜子が方寸に入る輩、わずかに……十の指伏さず。

君もすなわちこの十の指たるべし。……

俳諧は芭蕉にとって真正なものであるが、多くの人々の人生にとっては、人生のひとつの断面、遊芸、老後の慰め、少年の読み加留多同様のものであるとも考える。そうであることによって、さまざまの階層の多くの人々に受け入れられ、宗匠の生活も成り立っているのである。

昨年刊行された路通の『俳諧勧進帳』序文を其角は

俳諧の面目は何と何とさとらん。俳諧の面目はまがりなりにやっておけ。一句勧進の功徳はむねのうちの煩悩を舌の先にはらって、即心即仏と知るべし。句作りのよしあしは曲りなりにやって置け。げにもそうよ。やよ、げにもそうよの。

とざれ歌にしている。

『猿蓑』巻頭言の真正面からの俳諧論と共に、其角の多面性が現れているが、芭蕉の俳諧観も其角におとらぬ広がりを持っている。

和歌の伝統に対する滑稽として始まった俳諧にはその性格がどこまでも付随してくる。それは人生そのもののあじわいであるのかもしれない。

自分自身の生活全般の問題に直面させられている芭蕉は、

……ここかしこ浮かれ歩きて、……風雅ももはやこれまでにして、口を閉じんとすれば、風情胸中を誘いて、物のちらめくや、風雅の魔心なるべし……

とのべた。

又この頃、京では昨年世話になった史邦が何らかの事情で仙洞与力の職を解かれてしまった。秘匿すべき書簡は「火中、火中」と添え書きしてやり取りされ、正確な事情は不明である。が芭蕉は昨年『猿蓑』出版や歌会などに自分達があちこち集まり、大勢で行動したことなどが史邦に迷惑になり、妬まれるなどがあったのではないか、世によくある事なのである等と去来に述べている。

……江戸では屋敷町、裏屋、背戸屋、辻番、寺方まで点取りはやり候。……点者どものためには、喜びで御座あるべく候。……余が手筋、表し候にかへって門人どもの害にもなり、……よそに目をねむりおり申し候。……其角は紛れずおり……当年はしいて俳諧、発句いたさず……愚老に親切に相勤め候。前々よりは年も重なり候ゆえか、万おとなしく、大悦に存じ候。嵐雪尤も無為なるものにて候故、前々と相変わらず勤め候……

支考も奥州行脚に去り、杉風や曾良は又以前の芭蕉庵の近く深川に新庵を作ろうとしていた。曾良などが設計をして、同居するものを予想し、三部屋の芭蕉庵を作ることになった。五月、新しい芭蕉庵が以前に近い深川にでき上がり、桃隣を神田の借家に残し、芭蕉はそこに移った。李下などに預け株分け等していた芭蕉も三度植え替えられたのである。

新庵に移ってからは、次郎兵衛もさまざまな用事で顔を出すことになった。桃印の健康状態、経済上の援助などやり取りする事柄も多かったのである。

六月なかばには支考が奥羽より戻り深川の庵にやってきた。

「これが例の芭蕉でございますか。見事な大きなものですなあ。新しい杉の薫りもなんともいえない」

あちこちで又人々の世話になり、芭蕉、曾良の思い出や、路通との俳諧などを聞かされ、歓迎された報告などを聞いたのである。芭蕉も奥州の旅の記録を綴るつもりであり、支考のにぎやかな身振り手振りを交えた話を、当時を思い出しながら聞いた。

七月七日は素堂の母の七十七歳の祝賀の句会があり、嵐蘭、沾徳、曾良、杉風、其角らと招かれる。

七株の萩の千本や星の秋

八月は芭蕉の俳諧と素堂の漢詩を組み合わせた和漢歌仙を仕上げる。九日には江戸勤番中の彦根藩士森川許六が桃隣の案内で入門する。又八月はじめ曲水が江戸詰めとなり、江戸での再会を喜ぶこととなった。

新庵に移っての思いを『芭蕉庵三日月日記』を編集し、「芭蕉を移す詞」にあらわした。

……古き庵もやや近く……杉の柱いと清げに……地は富士に対して、柴門景を追って斜めなり。……名月のよそおいにとて、まず芭蕉を移す。……たまたま花咲けどもはなやかならず。……茎太けれども、斧に当たらず……予……ただこの影に遊びて、風雨に破れ安きを愛するのみ。

三日月や地は朧なるそば畑

名月や門に指し来る潮頭

月に関する発句五十数句と和漢歌仙などを収めた。

この頃出羽の呂丸（露丸）も江戸へ出、芭蕉庵へやってきた。元禄二年出羽でのさまざまなもてなしの礼をのべ、また路通、支考の行脚に際しての感謝の気持ちなどを伝えた。呂丸は彼ら若い門人達と大いに遊び歩きましたなどと面白そうに語った。

芭蕉は行脚時のお礼として仕上がったばかりの『三日月日記』を呂丸に贈った。

江戸へやってきた曲水は早速伺候した其角の話から、病む桃印を抱えての芭蕉の生活などを知った。医師珍碩が江戸へやってきたのには曲水の計らいがあったものであろう。

九月七日には珍碩の江戸到着を芭蕉は曲水に告げている。


……珍碩無事に昨夜下着、大かた興津あたりより眼病起こり、駕籠にて荷い込み申すべきやとかねて存じ候とは相違い、なるほど、風雅適当の顔つきにて見事なる江戸入り、先ず御悦びなさるべく候。……


支考、路通のうわさなどを交え、軽口を叩いた手紙には、桃印の健康にとって医師珍碩を頼りにと思う芭蕉の期待と安堵が現れているようである。

「広々とした野に大川を前にしてあり、かの富士の白き高峰を仰ぐというまさに絶景の住いで御座いますな。あの比叡の山の幻住庵とは又違いますが……」到着しての珍碩の感慨であった。桃印の加療を行いながら、俳諧修行も果たすという珍碩の江戸滞在である。珍碩の滞在にあわせ、桃印は芭蕉庵に引き取っていたものであろう。

珍碩は疲れも見せず早速桃印の診察をしたが、表情も変えず、おしゃべりを続けているので、芭蕉はすっかり安心してしまった。
桃印もしっかりした声で珍碩に挨拶し、彼の聞くことに答えていた。
珍碩の診療に従い、桃隣、次郎兵衛などがあれこれ手伝い、また近くの寺などの僧侶、尼僧などにも援助を願うこともあった。
京へ上るという呂丸を去来に紹介する手紙を書き、珍碩滞在の様子なども伝えている。

……払えども尽きせぬものは浮世のことに御座候。珍碩いよいよ無事に逗留、草庵狭め、ひさごの米を喰らい候。……

などと軽口も叩くが、問題は尽きないのであった。
一方珍碩を迎えての四吟歌仙なども芭蕉庵で早速行われた。嵐蘭、岱水が加わった。

青くてもあるべきものを唐辛子　　珍碩
提げて重たき秋の新鍬

…………

浅草の嵐竹亭での五吟は北鯤、嵐蘭が入る

刈り株や水田の上の秋の雲　珍碩
暮れかかる日に代替ゆる雁　嵐竹
衣うつ麓は馬の寒がりて

十月三日にはたびたび招かれていた許六のもとをおとずれ、岱水、嵐蘭もともに五吟歌仙を行った。

十月には奥州行脚後世話になり、この九月四日の大垣の大火に類焼した如行に見舞いの手紙を送り、被災した竹戸などにも見舞いを述べた。

十月下旬には許六が芭蕉庵を訪ねて画を贈った。芭蕉は許六に俳諧を教え、許六は芭蕉に画を教えるという約束をする。

寒菊の隣もありや生け大根　許六
冬さし籠る北窓の煤

芭蕉はこの間忙しく出歩くことが多く、許六の訪問の願いにもなかなか答えることができない。猪兵衛に世話を託した寿貞のもとを訪ねたり、金策のための歌会出席や、短冊を書いたりなどさまざまのこまごました用件があったのである。許六が尋ねても留守のことが多かった。
十一月二十七日には兄半左衛門宛の手紙を書いた。さまざま病人の手当てに苦労をしているが、というような前段が切除されているが、

……続き申し候はば、何とぞ取り留め申したく、さてもさても難儀仕り候段、御推し下さるべく候。……先ず久居には沙汰なしに仕り候。案じられ候いて益なきことに候間、如何体と成り行き候とも、急には申し遣はし申すまじく候。そこもとへも段々には申し進じまじく候間、左様にお心得なさるべく候……

珍碩や芭蕉、次郎兵衛、桃隣らさまざまな人々の手厚い看護にもかかわらず、桃印の病状は好転しては来なかった。今はできるだけのことをしようと思うばかりである。

月花の愚に針立てん寒の入り

十一月二十九日の寒の入りの発句である。
月花とのさばり暮らしたことを、振り返らずにはいられない芭蕉である。
十一月中も芭蕉庵での歌会は行われた。

又曲水にはさまざま報告もあり、江戸の膳所藩邸をも訪れた。寒い日で、火鉢には炭火が熾されていた。珍碩の働きを知らせ、歌会の報告、発句などを、語り合ったのであるが、珍碩を語るときの常である軽口などはさっぱり出てこなかった。

埋み火や壁には客の影法師

十二月伊賀の猿雖宛てに、卓袋の赤味噌のとろろ汁が懐かしいなどと書き送り、人に紛らされ、心隙御座なく候とのべている。

十二月上旬たびたび招かれている許六亭に珍碩と泊りがけでおとずれ、嵐蘭をまじえ四吟の歌仙を行う。

二日泊まりし宗艦が客、煎茶一斗、米五升、下戸は亭主の仕合せなるべし

の前書きと共に後に珍碩が『俳諧　深川』に著した。

洗足に客と名のつく寒さかな　　珍碩
綿館ならぶ冬向きの里　　許六

芭蕉はその間も身近な病人を取り巻く治療、薬代などや、そのための歌会などに、寒い夜も遅くまで出歩いたりしていたのである。

十二月二十日、二十二日と続けて行われた彫堂亭、大垣藩邸などの歌会はこのような芭蕉の窮状を助けるためもあったかもしれない。

歳末はあちこちへ歳暮の品の礼状などを書いた。芭蕉が病人の看護に明け暮れていることは門人達に知られており、様々の援助がなされていたと考えられる。

なかなかに心をかしき師走かな

素堂亭で年忘れの句会が開かれ、曾良、嵐蘭、珍碩と出席する。

節季候を雀の笑う出立ちかな

元禄五年を病人を抱えながら珍碩と新芭蕉庵で送った。

(3)

杉風などからも飲食も届けられ、餅もそろえて正月も祝った。身体は衰えているが、気持ちはしっかりしている桃印は珍碩が暮に買い求めた梅の花を見、薫りを喜んで、「春を待った甲斐があった」と小さな声で言った。

病人に大きな変化はなかったが、桃印自身も快復の望みを失っているように感じられた。

滋養になる食事、薬湯なども少しずつ、身体が受け付けないようになった。

相変わらず出かけるなど多忙な日々であったが、留守を桃隣等に任せ、そろそろ上方へ帰らねばならない珍碩と共に許六亭を尋ね四、五日逗留する。俳諧も行ったが、許六の画に芭蕉の賛などの合作も行われた。これらにも金銭に替えるなどの目的もあった。

又、其角はこの頃、長い間芭蕉に願っていた俳諧の付けあいについて二十五条の書付を受けていた。これらにも援助の目的があったかもしれない。

一月下旬珍碩も帰国の日が近づいてくる。日ごろは饒舌ともいえる珍碩であったが、二、三日考え込み、芭蕉が話しかけても気づかないこともある。

ある宵、病人のほんの少しの食事をすませ、遅い夕食を前に珍碩は座りなおし、「申し上げたきことが……」と言った。

「良くわかっているよ……もう、長い間、お世話になった」と芭蕉は軽く頭を下げた。

「私の力が至らず、真に悔しきことながら……」

「はるばる江戸までよく来ていただいた。……これはもう、致し方ないことなのだ……」

芭蕉はうなずくのみであった。珍碩はうつむいて涙を拭いた。

昼間少し温かみのあった外気も日が落ちるといっそう冷え込みが増したようである。

薄暗い室内に先ほどつけた行灯が瞬いている。

隣室の病人は寝入ったようで、苦しい息遣いが聞こえてきていた。桃印を引き取って以来この息遣いにはもう慣れてきているが、二人はうなだれてそれを聞いていた。

青空は明るいが、風が冷たい朝、曲水にはすでに挨拶を済ませたので、このまま江戸をたつと珍碩は言った。

「お世話になったことはけして忘れません。……琵琶湖の花の時、秋のもみじなど、お話くださったことは、伊賀の山々にもかよい懐かしく……もうお目にかかることはないでしょうが、……道中お気をつけて……」と病人は挨拶した。

「私が帰っても、皆様が充分お世話されることになっています。何もご心配は入りません」という珍碩の言葉に、病人は優しくうなずき返した。その様子は四ヶ月前よりいっそう痩せたようであった。

一月下旬、珍碩はほぼ五ヶ月の江戸滞在を終えて、膳所へ帰っていった。

肥えた珍碩が何度も振り返って腰をかがめ、それらしい重い足取りで歩いてゆくのを、芭蕉は門口にたって見送った。

一時芭蕉が頼りに思い、何とか持ち直せるかと期待したことも空しくなってしまった。珍碩の足取りも重かったが、見送る芭蕉の心は一層重いものがあった。朝からの冷たい風に吹かれたまま、人々に促されるまで、芭蕉はしばらく戸口に入る気持ちにもなれなかった。

珍碩が去っても、やはりできるだけ病人のために入用のものをあがなうための金策が必要であった。

二月八日、芭蕉は曲水に金子一両二分の借用を願う手紙を書いた。

悟らざるのご無心申すこと出来致し候……一両二分お取替えなされ下され候はば、忝かるべく候。必ず返進の合点に御座候。少々……江戸向きのものには無心申しがたき事ゆえ……

芭蕉は様々の歌会などにも出席し、出座料などを得ていた。それらはむしろ江戸の門人達が出るような初心の人々の会でもあった。彼らの生活の資でもあったのである。其角以下江戸の門人達は皆それを受け入れ、芭蕉に機会を譲っていた。

杉風、其角はじめ江戸の人々にはたびたびの行脚中も、桃印らの生活の心配りをさせている。新庵建築の世話にもなった。病人の介護などのため芭蕉の苦しさも極まってきているのである。

二月、其角の父東順のもとで長年学僕として医を学んでいた是吉（是橘）が修行が実り、剃髪して医師となることになった。

これを祝って親愛感あふれる句を贈った。

初午に狐の剃りし頭かな

其角を介して、長い間の孫弟子でもある。

珍碩は膳所に帰り、芭蕉庵滞在中の発句、歌仙などを主に『俳諧深川』を出版した。

春になっても暖かい日が少なく寒い年であった。天候不順で大雪が降る。

度々の招請にも都合がつかず出かけられないなど芭蕉は許六に断りの手紙を書いた。

……さてさて不慮の大雪、手前病人に散々あたり候ひて、拙者も持病さしいで申し候えども、拙者事は次に致し、病人保養にかかわりおり申し候。節句過ぎまでは得参上仕るまじく候。……

又同じ頃伊賀の猿雖に初孫の誕生を祝い、人々やふるさとを懐かしむ手紙を書いた。

春になり、晴れた日、門前の隅田川には蜆とり、白魚とりの子供や大人達が出てにぎわうようになった。芭蕉も出入りのたびにそれを眺めた。その様子を綴りながら、……草庵は随分豆腐で固め候……と書き送った。

三月四日、珍碩の二月二十一日付の手紙が届き、出羽の呂丸が京都で急死した事を知り、出羽鶴岡藩の江戸勤番中の公羽に珍碩の文も同封して、急を知らせる。公羽からの来状へ返信し、

……羽黒にて会い申す刻み、この人生死の論、拙者とかくに及ぶべしとは夢いささか存ぜざることに御座候に、誠に定めなき世の中、又これ程不憫なる事も近年覚え申さず候。……手前病人も国許出で候ひて十年余、ついに一人の母にその後対面仕らず、大方、十死と相見え候。……

と書いている。

公羽帰国に際しても羽黒の不玉、重行などへの書状も病人の看護に追われて書けない事情などを伝えた。

三月半ば、許六のもとから見事な桜の枝が届けられた。花見にも出られない芭蕉や桃印を

慰めるためであったが、二月二十日ごろから次第次第に病は進み食事も取れぬ状態で、病人はようやく最後の花を見届けたのであった。其角、桃隣等も見舞いにおとずれ、又桃隣に夜伽を頼んだりもした。桜の礼と共に

……旧里を出でて十年余、二十年に及び候ひて、老母に再び対面せず、五、六歳にて父に別れ候ひて、その後は拙者介抱にて、三十三になり候。……

許六がその後尋ねたが行き違い、そのときは病人が少し心地よく、曲水の病気見舞いを勧めてくれたので、ひたすら付き添っているのも病人も窮屈かと、少し出かけた間に行き違ったと述べている。

三月下旬、長い間の闘病の末、桃印が結核で亡くなった。桃隣、芭蕉の身内猪兵衛、宗波や芭蕉などが交替で夜伽などをしていた朝方、枕元に座っている人々も殆どその時と気付かないほど静かに息を引き取った。

葬送は杉風など人々が世話をして無事済ませた。長く桃印と助け合って暮らしてきた寿貞、次郎兵衛、おまさ、おふうなども参ったが、寿貞自身も若い日の面影は輝く大きな瞳の辺りに残っていたが、健康も優れず、人々の中に、やっと身をおいているだけの有様であった。

その後、芭蕉は許六に招かれ、数日を許六亭で看護の疲れを癒したり、久方ぶりの俳諧にすごしたが、いつのまにか、涙と共に幼い日からの桃印の思い出話になるのであった。

人々はこの間に芭蕉庵の看護のあとを片付けた。

四月芭蕉庵、大垣藩邸などでも歌会が開かれた。久しぶりの会であり、芭蕉の疲労をいたわるなどの目的もあった。又五月に彦根に帰藩する許六に対して「離別の詞」を書いた。去秋入門以来短い間であり、その間芭蕉は病人の看護に忙しく、思うような俳諧交流もできないのであった。が、許六は珍碩と共に招いてもてなしたり、多くの画を贈ったり、病人へも様々な心配りを示した。介護に献身している芭蕉の姿は、短い期間ではあったが、俳諧に打ち込むそれとは又違った強い印象を許六に与えたものであった。

芭蕉の私生活があらわになり、その人間像が一層強く許六を動かしたのである。

……去年の秋、かりそめに面をあはせ、ことし五月の初め、深切に別れを惜しむ。……画はとって予が師とし、風雅はをしへて予が弟子となす……予が風雅は夏炉冬扇の如し。衆に逆ひて用ふる所なし。……「古人の跡を求めず。古人の求めたる所を求めよ」と、南山大師の筆の道にも見えたり。風雅もまたこれに同じといひてともしびをかかげて、柴門の外に送りて別るるのみ……

又しばらく忙しさで出せなかった大垣の荊口に近況などを知らせている。

桃印の病中は神魂を悩ませ、死後断腸の思いやみがたく候ひて、精情くたびれ、花の盛り、春の行方も夢のようにて暮らし、一句も申し出でず候。

曾良、杉風などに進められて、ふと句ができたなどと書き送った。

一声の江に横たふやほととぎす

許六の出発に際し依頼された画色紙などを素堂、其角などを訪ねて集め、次郎兵衛に届けさせた。桃印亡き後、看護をも手助けしていた次郎兵衛が芭蕉庵で色々の用を勤めながら過ごしていた。

許六は行き違ったまま芭蕉には会えず、五月六日、江戸を立つ。

……木曽路を経て旧里に帰る人は森川氏許六という。古より風雅に情けある人々は、後ろに笈をかけ、草鞋に足をいため、破笠に露霜をいとうて、おのれが心を責めて、物の実を知る事をよろこべり。今仕官おほやけの為には長剣を腰にはさみ、乗りかけの後ろに槍を持たせ、徒歩若党の黒き羽織の裳裾は風にひるがえしたる有様、この人の本意にはあるべからず。

……今一度、お目にかからず候、お残り多きながら一風流、世外の交わりはいつとてもかようの物にて御座候……

この後夏の間は素堂亭での六吟歌仙を行ったくらいであった。

残された寿貞、次郎兵衛、おまさ、おふうなどの生活の問題が今度は芭蕉を悩ますこととなったのである。

桃印の看護中からその死後、芭蕉は度々寿貞らと顔を合わせるようになった。桃印の死後は次郎兵衛に世話にもなるようになり、寿貞やおまさ、おふうの生活が常に視野に入ってくるようになったのである。

十数年前、芭蕉がさまざまな事情や煩悶を抱えて、始めて深川に移り住んだ頃、自分も若かったが、桃印も若く元気いっぱいであり、子供を三人抱えていたとはいえ、寿貞も若く美しかった。他へ嫁ぐことも充分可能であろうと芭蕉は思っていた。

桃印もその若さと才能を活かし、挫折を乗り越えて、江戸で存分な働きをし、相応の生活が送れるのではないかと期待していた。

しかし、江戸の大火や度々の不運もあった。中でも尤も大きいものは二人の病である。そして寿貞は改めて他へ嫁ごうとはしなかった。杉風らの勧めにも心を動かすことはなかったのである。

「桃印を頼りにし、他へ嫁ぐことは一切考えないという固い決心……」ということを杉風を通して芭蕉は聴いたように思う。

桃印が亡くなった今、次郎兵衛を通して、芭蕉は直接のように寿貞の心を知ることになった。

芭蕉庵に暮らす次郎兵衛は別として、やはり、病人であることが明らかな寿貞、まだ一人前といえないおまさ、可憐な容貌だが病弱なおふうだけで暮らしていくことは難しかった。

西行、宗祇に続くと願った芭蕉、しかし戦乱の時代に出家した西行は七十数歳を生きたが、同じ北面の武士達、源氏、平家の人々は皆戦乱の中で若くして死んだ。彼らの妻子達も、同じように出家、刑死、又戦乱に倒れたのである。

西行は個々人の生死を越えて、そこに人間存在の運命を見通したのであろうが、しかし戦乱の時代は過ぎ、平和な治世を目指す江戸の時代となった。

人々は長命となり、人生を楽しみ生きることが可能になったのである。

だが、それは桃印や寿貞達の運命ではないようであった。

桃印の病の経過を振り返るとき、人々は寿貞にもそれが繰り返されるのではないかと恐れた。生活の世話と看護、その二つを努める手助けが必要とされたのである。

杉風や曾良、桃隣等も相談し、芭蕉の身内で江戸へ出ていた猪兵衛や、寿貞の身内、理兵衛など、又今までも世話になっている近くの人々にも援助を頼み、次郎兵衛と離れて寿貞らは暮らすことになった。

もう一度寿貞と暮らすことはできず、病人を又看護することも芭蕉にはもう無理に思われる。

寿貞達の今後については、次郎兵衛を通じて、芭蕉も面倒を見ていくが、杉風たちも芭蕉行脚中と同様の援助を行っていくことになった。

「桃印が亡くなり、寿貞も全く気を落としているのでしょう。次郎兵衛が行くと、針を持つこともなく、縫い物を広げたままぼんやりしているということです」

などと杉風がいっても、芭蕉はうなずくのみではかばかしくものも言わない。

「おまさやおふうがいるのだから、しっかりしなくては……」

などと杉風がいえば涙ぐむばかりである。

桃印、寿貞らの状況を思えば、芭蕉は自ら責めるばかりである。

桃印看護の身体的疲労と、さまざまな精神的懊悩に苦しみ、芭蕉は七月半ば「閉関の説」を書き一ヶ月門を閉ざして人々に会わずにすごした。

……色は君子の悪《にく》む所にして、仏も五戒のはじめに置けりといへども、さすがに捨てがたき情のあやにくに、哀れなる方々も多かるべし。人知れぬくらぶ山の梅の下伏しにおもひの外の匂いにしみて、忍ぶの岡の人目の関も守る人なくば、いかなるあやまちをか仕出ん。……人生七十を稀なりとして、身を盛りなる事はわづかに二十余年なり。はじめの老いの来たれる事、一夜の夢の如し……おろかなる者は思ふことおほし。煩悩増長して一芸すぐるるものは、是非の勝るものなり。……人来たれば無用の弁あり。出でては他の家業をさまたぐるも憂し……友なきを友とし、貧しきを富めりとして、五十年の頑夫、自書し、自ら禁戒となす。

あさがほや昼は鎖おろす門の垣

さまざまの懊悩や、疲労のため次郎兵衛のみを相手に門を閉じてしまった。
七月二十五日付で猿雖にあてて、夏中発句もできずなどと書いた。伊賀の旧友は苦しい時にいつも懐かしく思い出されるのであった。

暑い盛りも過ぎると、やはり色々な用件も積み重なり、閉じこもってばかりも居られない。芭蕉は次郎兵衛と二人、伸び放題の垣の雑草などを掻き退け、ほぼ一ヶ月後、又門を開いた。

芭蕉を気遣っていた人々が早速やってくる。

八月半ば精神的にも、身体的にもやや持ち直した芭蕉は七吟の歌仙を行う。

濁子、岱水、依依、能楽師馬莧、曾良、涼葉の七人で少しずつ新しい人々が入ってきた。

いざよいはとりわけ闇のはじめ哉

八月二十七日には貞享時代からの門人で昨年も度々歌会も行っていた嵐蘭が、鎌倉へ月見に出かけた帰り、急死してしまう。

さてさて驚き入りたることをおおせ下され、いまだ夢うつつ、分かち申さず候。……愁傷とかく申されず候。……

弟の嵐竹にあてた手紙である。

秋風に折れて悲しき桑の杖

又八月二十九日には其角の父、東順が没する。追悼句と東順伝を作った。

入る月の跡は机の四隅かな

其角はこの看病の記等を『萩の露』として著す。九月に入ると史邦、杉風などと歌仙、野坡、孤屋、馬莧などとの歌仙などが少しずつ行われている。

金屏の松の古さよ冬籠り
菊の香や庭に切れたる履の底

越後屋の手代、野坡や馬莧など昨年来交遊している若く有望な人々であった。十一月は曲水、許六などにも書簡を寄せるなど、少しずつ俳諧の思いも動き始めている。が江戸では相変わらず、前句付けなどが横行しているので俳諧の相手もいないと嘆いた。膳所へ帰った珍碩（洒堂）はこの頃、大阪へ移住し、大阪にも自らの俳諧を広げようとし

ていた。怒誰宛書簡では

……洒堂より頃日書状指し越し候。返簡つぶさに申しつかはし候。何事をも相心得候と申し越し候は貴辺よりなど聊か仰せ遣はされ候ことも候にて、存知のほか胸裏分別を重宝仕ると相見え候。よしよしこれも悪しからず、……彼の体の若者、いまだ転ばぬを勝ちと存ぜられ候。連衆もそろそろ出来申す由、珍重に存じ候。

贈洒堂

湖水の磯を這い出たる田螺一四、葦間の蟹の鋏を恐れよ、牛にも馬にも踏まるる事なかれ

難波津や田螺の蓋も冬ごもり

洒堂に対していつもの軽口が出ている。少しずつ、芭蕉の気持ちも持ち直してきているようだ。

十一月上旬、荷兮編の『曠野後集』が出版される。

また藤堂藩江戸藩邸で、藤堂玄虎、舟竹などと三吟二十四句などを行う。

武士の大根苦き話哉
一通り行く木枯しの音　玄虎

又、杉風、桃隣、曾良、岱水、野坡などとの歌仙を行っている。

寒菊や小糠のかかる臼の端

この頃、『猿蓑』編集などにも、京都で尽力し、去来とならび京で最有力の後援者夫婦、門人であった凡兆が何らかの罪で下獄してしまった。

凡兆は五年近く獄で過ごし、これ以後、俳諧の世界に戻らなかった。医師であった凡兆の職務に関する事件であったかもしれないが、芭蕉らの受けた衝撃は大きかった。

この事件を報じた手紙、また、凡兆とやり取りした書簡は残っていない。去来、其角等とも強く結ばれていた凡兆との数々の書簡は深く秘匿、整理、焼却されてしまったものであろう。

十二月、新しく新両国の橋が架かり、芭蕉は人々と共に、工事の進展を見守り、早速橋を渡った。

初雪や架けかかりたる橋の上
ありがたや戴いて踏む橋の霜

芭蕉にとっても江戸市中へ行くのに一段と便利になった。
元禄六年を、近頃小料理の腕を挙げた次郎兵衛と静かに芭蕉庵で送った。

（4）

蓬莱に聞かばや伊勢の初便り

元禄七年の歳旦句である。

一月中旬には兄半左衛門に当てて金子若干を送っている。桃印の薬代などに苦労した元禄五、六年を過ぎ、芭蕉の生活も寿貞らの面倒を見ながら、一通り成り立つ見通しがついてきたものである。旧友猿雖には

……百年のなかばに一歩を踏み出し、……去年中は何かと心憂きことども多く取り重なり、……兄にも報じたので、お聞き及びでしょうなどと述べ、……ようよう、旅心も浮か

れ初め候……都の空も何となく懐かしく……

などと書いている。

春になると共に又旅心がきざし始める。

一月末、史邦ものけられ、凡兆もいなくなり、京で蕉風の確立に苦心する去来が『曠野後集』を批判した書簡をよこした。

芭蕉は……万世に俳風の一道を建立する時に小さなことに頓着しないようと返事を書く。

野坡との両吟歌仙を行う。

梅が香にのっと日の出る山路かな
ところどころに雉子の啼き立つ　野坡

許六へも其角、嵐雪、桃隣や各地の門人達の歳旦句を細かく批評し、桃隣が五つ物は……所々点取り口をまじえ、はかばかしくも御座なく候へども、かれ猶口過ぎを宗とするゆえ、堪忍の部……などとも述べた。

去年は行けなかった上野の花見に誘われて、四、五人で出かけた。

芭蕉は久しぶりの花見に酔い、去秋頃から宝生流の能役者沾圃などに習っている「野宮」

「熊坂」をいい声で謡ったりした。

明日の日をいかが暮らさん花の山

昨秋ごろから奥州行脚時を振り返った紀行文を綴ろうと心がけてもいる。杜国の死、呂丸の死、桃印の死、嵐蘭の死、東順の死、また北枝、如行、路通、史邦、凡兆など、さまざまの思い出につながる人々の死や転変を見てきた。『野ざらし紀行』『更科紀行』『笈の小文』『幻住庵記』『嵯峨日記』に続き奥州行脚の記録が綴られるのである。『笈の小文』は大津で世話になった乙州に託されたものであった。『幻住庵記』『嵯峨日記』はそれぞれ曲水、去来に贈られたものである。

奥州行脚を綴った文は旅の供曾良と江戸の杉風、又帰省のたびにさまざまの配慮を尽くしてくれる伊賀の兄半左衛門に、平家琵琶に聞きほれた幼い日の思い出をもこめて贈るものであった。その文も三月なかばにはかなり仕上がり、庵にやって来た依水に読ませ感想を尋ねたりした。

傘に押し分け見たるやなぎかな

若草青む塀の築止し　濁子

涼葉、野坡、利牛、宗波、曾良、岱水らと巻いた八吟歌仙である。
雨中柳を見に行くなどは当然の日常に織り込まれてきた。風雅に生きる生活はもう芭蕉の日々の風景になっているのである。

八九間空で雨ふる柳かな
春のからすの畠掘る声　沾圃

沾圃、馬莧、里圃等の能楽師とまいた四吟である。
曲水も膳所に戻り、芭蕉は深川近くの曾良、岱水、また若い野坡、利牛、謡の友沾圃などと歌仙を巻いていたのである。

越後屋に衣裂く音や衣替え　其角

反物を初めて裂いて売ったといわれる越後屋で働いていた野坡たちなど、若い人々は古い俳諧の約束にとらわれず、「かるみ」の論などを素直に受け入れて実践していった。
藤堂玄虎邸に招かれての俳諧もあった。

花見にと指す舟遅し柳原

より自然体で身近な親しみやすい俳諧が生まれてきている。

鶯や柳の後ろやぶの前

青柳の泥にしだるる潮干かな

芭蕉庵の身近な風景がより懐かしい親しみを持って詠まれている。四月は桃隣も新しい家を作ることができた。神田の借家暮らしをやめ、俳諧宗匠として出発する基礎ができてきた。新宅を祝った句がある。

寒からぬ露や牡丹の花の蜜

孤屋、野坡、利牛、岱水との五吟歌仙は連れ立ってやってきた彼らと暖かい春の日に、芭蕉庵で巻いたものであった。そろそろ、また上方へ旅立つということを、芭蕉は彼らにも伝えていた。

空豆の花咲きにけり麦の縁　孤屋

昼の水鶏のはしる溝川

上張りを通さぬほどの雨降りて　岱水

…………

花見にと女子ばかりが連れ立ちて

余の草なしに菫たんぽぽ　　　岱水

奥州行脚の文を素竜に頼んだ清書本もでき上がった。

門人達が芭蕉の江戸での生活の便宜を思って苦心した三度の芭蕉庵にも二年足らずで、芭蕉はまた旅に出ることになった。

「春になり、翁はまた旅に出ようとしていられる。……」

今日は少し加減がよいとおまさの手助けで夕餉の支度などしている寿貞に、杉風は声をかけた。寿貞は黙ってうなずいた。

「次郎兵衛からも聞いているのかね」

「次郎兵衛が無事、お供を勤められるようにとねがっています」

寿貞は重い釜などをおまさに持たせ、土間から上がった。

風雅のために芭蕉は旅に出るのだし、出なければならないと、寿貞は深川への十数年前の芭蕉の移住以来（それはまた芭蕉が告げた別離の根本的な理由でもあったが）、思いつめているのである。

桃印没後、それまでも看護のために芭蕉庵で献身的に働いてきた次郎兵衛がそのまま芭蕉庵で過ごすことは自然でもあったが、寿貞が彼と離れる事を受け入れるかは問題であった。が、寿貞は桃印亡き後、次郎兵衛が芭蕉の下でひとり立ちすることを願っていた。それは次郎兵衛を俳諧の道に導いて欲しいという願いであった。

次郎兵衛の身が立つように……次郎兵衛を吾が子とお思いなら……という寿貞の言葉は今さらのように芭蕉の胸を打ったのである。

夏から秋、そのような苦悶にもがき苦しんで、閉関の記を書いた芭蕉であった。が年が明けて人々との歌会にも顔を出し、旅心や、風雅への探究心も芽生えてきた。

けれど、このまま次郎兵衛を連れて旅に出かけてもよいのであろうか。

寿貞の病も桃印に似た様相を呈し始めている。あの時の病の進行を逐一見届けた芭蕉、何としてもその進行を抑え込もうと、珍碩と共に苦心惨憺した芭蕉であったが、病勢の進行を食い止めることはできなかった。

今、寿貞の上にも似たような状況を思い描いてしまうのである。まだ年少の子供を抱えた寿貞にこそ、病の進行を食い止める最善の手当てがなされねばならないのであろう。しかし、それも空しいのではないかと、芭蕉の胸に冷たく走るものがあった。

「今、次郎兵衛を連れて旅に出たら、二度と寿貞は次郎兵衛と会うことができなくなるのではないか……それでも良いのだろうか……」という言葉を芭蕉はそっと飲み込んだ。

「次郎兵衛を俳諧の道に導き、ひとり立ちさせて欲しいという寿貞の願いはよくわかってい
る。私とて桃隣へ以上の骨折りをしようとは思っているのだ。しかし……」

飲食物や薬、人々の手紙などを時々届けている杉風や曾良などは、今回の旅に、ぜひ次郎兵衛を伴って欲しいという寿貞の思いを聞いていた。

「京の去来などからも手紙が来ている。またあちらへ出かけたいとは思うけれども……次郎兵衛をぜひ供にと寿貞が言っているのだが……どう、思うかね。次郎兵衛も母と別れて行くことになるのだが……」

そして、それが二人の永遠の別れになるのではないか、寿貞は自身の病についてどう思っているのだろうかと、芭蕉は思った。

「……次郎兵衛をお連れになることが、寿貞の心の満足になることでしょう」

「かえって、寿貞の心をしずめて安らぎを得させることになるでしょう」

寿貞はもう自分自身の病について快復の望みは持っていない、今は次郎兵衛の身の立つ事だけが寿貞の願いなのだと杉風や曾良は答えた。

深川へ隠棲した時、芭蕉に風雅の道しか残されていなかったように、次郎兵衛にもいまや、この道しか残されていないようであった。

桃隣、猪兵衛など芭蕉の親族、杉風、曾良、江戸の門人等が今までのように寿貞らの世話をしていくことになった。

今回次郎兵衛と共に、まだ見ぬ四国、九州までも訪ねてみようという心のほうに芭蕉の気持ちは動き始めていた。新しい土地に新しい門人を求めて行きたいという思いもあった。次郎兵衛のためにも新しいつながりを求めてゆきたかった。

五月、子珊亭で芭蕉餞別句会が開かれる。

紫陽花や藪を小庭の別座敷
よき雨間に作る茶俵　子珊

また山店の餞別吟により、両吟の歌仙もまいた。

新麦はわざと勧めぬ門出かな
また相蚊帳の空はるかなり　山店

杉風にも深志なるものに教え聞かせるようと「俳諧のかるみ」の理念を説いた。

……軽く安らかに、普段の言葉ばかりにて致すべし……

俳諧の句のつけ様については一遍、二遍と七回繰り返しみれば納得できようと述べている。

五月十一日、芭蕉は次郎兵衛と共に帰省、上方への旅に出る。

麦の穂を便りにつかむ別れかな

晴れた空の下、街道を行き交う人々は多かった。

若く初めての旅に緊張している次郎兵衛、芭蕉自身も持病に苦しんで、出発の日時を調整しなければならなかった。

近頃からだの衰えの目立っている芭蕉、病床の母と妹二人を置いていく次郎兵衛、二人がお互いを頼りあっていこうとする姿は、見送る人々の胸を痛ませるものであった。

だが一方で、次郎兵衛は芭蕉を師として、どこまでも付き従って行こうという強い決意があり、芭蕉には次郎兵衛を一人前の俳諧師にするという寿貞の願いを受け止めての父としての思いが生まれていたのである。

またこの旅では次郎兵衛を伊賀の身内に引き合わせるという目的もあった。

二人を気遣い、旅なれた曾良が急遽箱根まで同行することになった。

付き添ってきた曾良とは小田原で一宿後、箱根で別れた。

ふっと出て関より帰る五月雨　　曾良

その後大井川で大雨のために渡しが止まり、宿に止められ、出発からの様子を曾良などに書き送り、また寿貞の世話などを頼んだ。寿貞は深川の芭蕉庵の後に入っていたのである。曾良が旅の心得などを細かく記して次郎兵衛に手渡した書付などを見ながら、止められた宿で二人はそれまでの疲れを癒した。

……必ず翌日の天候を確かめ、雨天の用意をすること、宿の人に丁寧に接し、常に荷物の整理をして、急場に備えること、金銭の管理、衣食の注意など細々としたことであった。

駿河路や花橘も茶の匂い

ちさはまだ青葉ながらに茄子汁

五月雨の空吹き落とせ大井川

病人に心を残しながら旅立ってきた二人であったが、寿貞の病が重いことも、何十里も離れてきた今となっては、何の手立てももうできない。思っても甲斐ないことであると思いきり、旅の前途を思い描くようになっていった。

芭蕉の足取りにも、これらの句にも少しずつ、明るい力が見え始める。

鶯や竹の子藪に老いを鳴く

五月二十二日、鳴海の知足、熱田の桐葉のもとへも立ち寄り、名古屋の荷兮宅へ泊まった。二十三日は野水宅へ泊り、野水隠居所の設計図を見る。野水は町の総代などを務め忙しい日々を送っていたが、少し早い隠居を心がけているようであった。三年ぶりの名古屋の人々はあちこち誘い合わせて二人を歓迎した。

二十四日、荷兮宅で歓迎の十吟歌仙が行われる。

越人もやってきて久しぶりの対面に喜んだ

世を旅に代搔く小田の行き戻り

水鶏の道に渡す木羽板　　荷兮

路通の件で行き違いがあったとはいえ、名古屋の人々は、江戸以外で芭蕉を引き立て、蕉風を世に広める働きを示してくれた最初の人々であった。東海道の行き帰りに常に世話になっていたものである。『冬の日』『春の日』の出版以来さまざまな援助を惜しまず、交遊も重ねてきた。

今若い次郎兵衛と芭蕉の二人旅を見てどのように受け取ったのであろうか。

町衆として多くの人々の転変を見慣れている世慣れた彼らは、二人の関係と、芭蕉の意図をすぐに見抜いたことであろう。いっそうの親愛の気持ちを抱いたのではないだろうか。

彼らは朝、昼、夜とあちこちに招いて最大の歓迎をしてくれた。が先を急ぐ二人は二十五日、人々に見送られて名古屋をたった。

越人は『俳諧深川』を見て江戸を懐かしみ、軽みを学んでいるのでといっていた。ぜひ戻りには、又必ずなどといって彼らは別れた。

二十六日は奥州行脚後も世話になった長島の大智院に泊まった。尋ねてくるものもない大智院の静かな木立の中で休んだのである。

芭蕉を取り巻くさまざまな人々の中には、またさまざまな心算や要求もあり、芭蕉もまた人々に動かされざるを得なかった。

二十七日は久居に泊まり、姉に桃印の最後などを伝えた。前もって、芭蕉からも半左衛門からも事情は伝えておいたが、姉と顔を合わせても最後の様子など話し続けることもできないほど、姉は泣き続けるばかりであった。芭蕉も桃印死後初めてとも思うほどの悲しみに押しつぶされるようになり、とうとう一睡もできなかった。

「この上は次郎兵衛を頼りにおまえ様は長生きをしておくれ」

と気を取り直して言う姉の言葉にも、芭蕉は、

「姉さんも……」と繰り返すだけであった。

しっとりと雨を含んだ深い緑の木々に覆われた山道を二人は黙々と歩き、木の間を抜けると、まだ植えて間もない小さなみどりの稲が一面に生え揃っている田が見えた。その田んぼの周囲は青々とした山々であった。伊賀上野に着いたのである。

「ここが伊賀の国ですか。本当にここが盆地という所なのですねえ」

「あの山を越えて、山の外へ出たいと皆思うのだよ」と芭蕉は言った。

長年離れて暮らしていた芭蕉と次郎兵衛であったが、昨年来共に暮らし、また旅を通して、自然に親子の情が通い合ってきている。

半左衛門初め人々は初対面の次郎兵衛の成長した姿をみて喜び、「このようなお子さえ居るのであれば、江戸での暮らしにも今後は本当に安心することができる。上野にいらっしゃった李下様、曾良様、亡くなった嵐蘭様など皆様良き頼りになるお人だが、何といっても吾が子のたのもしさには変えられない」などと語った。

この年は閏五月があり、その中旬まで半月ほど、上野で人々の来訪を受けたり、訪問をしたり俳諧などして過ごし、十六日次郎兵衛と共に上野を出て、山城加茂の猪兵衛の実家に立ち寄った。

猪兵衛の母、姉などに江戸での暮らしぶりや、桃印が世話になったこと、また今、寿貞の面倒に骨を折ってもらっている事情などを伝えたのである。彼らもまた涙を浮かべては、猪兵衛に会いたい、元気な姿を見たいと繰り返すのであった。

芭蕉はかれらの再会が可能だと慰めながら、翌日は大津へ出た。

乙州、智月らと出会い、史邦や、凡兆、羽紅夫婦などが欠けている事を嘆いたのであった。また来合わせた支考、丈草らと共に翌日は膳所の曲水宅に向い二十一日までを過ごす。滞在中に杉風、曾良、猪兵衛などに道中や名古屋での歓迎振りなどを伝え、また猪兵衛の実家の様子、江戸での寿貞らの世話を頼むなどを綴っている。伊賀にも草庵を作る予定なので、盆後はそこに入るという予定も伝えた。

大津では新茶の取入れ等で皆忙しく、京へ出るのでと、京での宿の手配を去来に依頼した。京では、その後手を入れ小さくした落柿舎に入ることになる。

落柿舎には大阪から洒堂も早速やってきて六吟の歌仙を行う。素牛も加わった。

柳行李片荷は涼し初真桑　洒堂

間引き捨てたる道中の稗

去来の案内でこの頃浪化（瑞泉寺住職）も入門する。大阪の之道も訪れるなど、訪問者が多く、度々歌仙が行われる。

閏五月下旬には江戸で子珊編の『別座敷』が出版される。杉風、桃隣が協力して、芭蕉餞別句会の歌仙などを載せたものである。

この間も彦根の許六、また伊勢へ下った支考、大阪の洒堂、之道など人々が当地への来訪を望んで手紙などを送ってきていた。

六月三日には猪兵衛にも手紙を書き、

> ……桃隣に杉風や子珊の心に違わざるよう、実をお勤め候えとお申しなさるべく候。京都俳諧師、五句付けの事に付き閉門、俳諧沙汰びっしりと蛭に塩かけたる様に候。……斯様の処、唯実を勤めざるゆえと合点を致し、むざとしたる出合・会等心持あるべき旨、桃隣へ御物語なさるべく候。……
>
> このほう京・大阪貧乏弟子共かけ集まり、日々宿を食いつぶし、大笑い致し暮らし申し候。

また理兵衛や寿貞、おふうなどの健康を気遣い、様子を尋ね、世話を頼んでいる近くの人々へもよろしくなどと述べていた。

がこの手紙と行き違いに猪兵衛からの手紙で、寿貞が亡くなった事を知らされる。

六月八日芭蕉は返信を書く。

寿貞無仕合せもの、まさ、おふう同じく不仕合せ、とかく申し尽しがたく候。……何事も何事も夢まぼろしの世界、一言理くつは之なく候……

世話になった好斎老などへの礼を述べ、良き様におはからい下さいと、理兵衛などとくと気を静めさせ、取り乱さないようになどと書いている。

寿貞が亡くなり、次郎兵衛はひとまず江戸へ戻ることになった。おまさ、おふうの様子も気がかりであり、また今後のことも考えねばならない。江戸と上方も実際に歩いてみれば、けして遠くもない。人々の往来はますます盛んになっているのであり、次郎兵衛は今は一人で帰るという覚悟である。

芭蕉は簡単な手紙を持たせ、細かい事は直接次郎兵衛に聞いて欲しいという杉風あてなどの手紙を持たせる。ほぼ二ヶ月前、芭蕉と初めてたどった道を次郎兵衛は紹介の手紙などを頼りに、一人で帰っていった。

来る時は水を張った田に小さな苗がそよいでいたが、今苗は育ち、一面の青々とした田に変わっていた。木々の緑は濃く山道にも鳥やせみ等の声がしきりであり、足元からも多くの虫たちが飛び出した。生き物が最も盛んに活動する夏であった。

江戸での最後の別れのとき、涙をこらえるおまさやおふうに支えられながら、涙を見せず、次郎兵衛の姿からけして目を離さなかった母の瞳が浮かんでくる。

道を急ぎながら次郎兵衛は唯その母の瞳に向って歩いた。

その後芭蕉は許六、李由らに彦根などに廻れないことなどを書き送り、京都をたって膳所の義仲寺の無名庵に移った。支考と素牛が芭蕉と共に過ごし、次郎兵衛がいない間の芭蕉の世話をした。また昨年江戸での滞在中などに芭蕉の桃印、寿貞らの件など詳しく見聞きした曲水は傷心の芭蕉を気遣ってくれたことであろう。

杉風に送った書簡には次郎兵衛留守中の生活の様子、『別座敷』の京での高い評価などについて述べている。寿貞の死は旅立ちの時から予想されことであり、芭蕉の行動に変化はなかったのである。

六月や嶺に雲置く嵐山
夕顔にかんぴょうむいて遊びけり
朝露や撫でて涼しき瓜の泥
秋近き心の寄るや四畳半

六月二十八日付で野坡、利牛、孤屋編集の『炭俵』が江戸で発刊される。昨年から今年にかけて、芭蕉庵などで、若い彼らと「かるみ」について教えながら巻いた歌仙などが収められた。日常生活を見つめなおす中で、新鮮な驚きや美を見出していくかるみの志向が表されている。

『別座敷』に続き『炭俵』も京で大変評判であるなどと、芭蕉は曾良にあてて書いている。七月五日には無名庵を出て京へ行き去来の元に滞在する。この頃江戸では杉風や曾良なども相談し、猪兵衛、桃隣等も諮っておまさ、おふうの行き先も決まっていたであろう。これらの経緯も芭蕉のもとに知らされたはずであるが、最も身近なこのような細かな私生活の記録は残っていない。

ひやひやと壁をふまえて昼寝かな

道ほそし相撲取り草の花の露

七月七日は野童亭で七夕の句をつくる。

七夕や秋を定むるはじめの夜

七月中旬盆会を迎えるため、伊賀に帰る。次郎兵衛もこの頃伊賀へ戻ってきた。

伊賀には屋敷内に門人らの出資による新庵ができていたのである。

次郎兵衛は江戸での葬儀の模様、埋葬のことや、おまさ、おふうの様子などを猪兵衛の手紙などを手渡しながら、芭蕉に知らせた。芭蕉は掌を合わせて寿貞の冥福を祈り、人々の骨折りに涙ぐんで頭を下げ、次郎兵衛の疲れをいたわるのみであった。

「新しい庵ができたのでゆっくりと休み、旅の疲れを取るがいい」と芭蕉は次郎兵衛を見つめた。

暑い季節に街道を往復した次郎兵衛は日に焼け、この少しの期間にもひきしまった顔つきになり、成長した雰囲気が漂っていた。

旧里に帰り、盆会を営むとて

家は皆杖に白髪の墓参り

尼寿貞が身まかりけると聞きて

数ならぬ身とな思ひそ玉祭り

寿貞のために一句を捧げた。

近くの菩提寺に参って、一家は身内だけの静かな一日を過ごした。

「これからは、伊賀にもこの住まいができたことではあるし、この秋、冬はゆっくりとここで春を待てばよい。訪ねてくるお方にも不自由をさせずにすむ」と半左衛門は喜んだ。

七月、八月中は伊賀に居て発刊予定の『続猿蓑』の撰句やそのための伊賀の人々との歌仙などに過ごした。

折々は雨戸にさはる萩の声　　雪芝
放す所に居らぬ松虫

かるみは伊賀の人々になかなかわかってもらえずに芭蕉は苦労をしていた。江戸と伊賀の人々の生活を比べれば、江戸の暮らしのある種の自由さは歴然としている。そこから来る感覚の違いは説明しにくいものがあった。

八月五日、其角編『句兄弟』発刊。

さまざまな人々の句を兄、弟として批評しながら其角の俳諧観を述べている。

鯛は花は見ぬさともありけふの月　　西鶴
鯛は花は江戸に生まれてけふの月　　其角
声かれて猿の歯白し峰の月　　其角
塩鯛の歯茎も寒し魚の店

八月十五日は新庵で月見の会を催し、人々を招いた。芭蕉はこの会の献立を書き、次郎兵衛とともにさまざまな料理をつくりもした。去年から芭蕉庵で料理にも励んでいた次郎兵衛も随分腕を上げていたのである。

智月より送られた南蛮酒、麩なども献立に加えられた。

名月に麓の霧や田の曇り

名月の花かと見えて綿畑

この後も猿雖や土芳などと度々歌仙を巻いている。

九月三日には支考が伊勢から斗従を伴ってやってくる。

蕎麦はまだ花でもてなす山路かな

芭蕉は早速九吟の歌会を行った。

雪芝、猿雖、望翠、素牛、卓袋、荻子、支考、斗従、芭蕉である。

松茸や知らぬ木の葉のへばりつき

秋の日よりは霜でかたまる　　斗従

九月五日元説亭で俳諧一折

行く秋や手を広げたる栗のいが

山道にいがのはじけた栗が落ちている。待て、と手をひろげて、行く秋をとどめようとする栗の姿は童画のようにほほえましい。芭蕉を伊賀にとどめておこうという門人達の願いにも通じるようである。

伊賀の人々との俳諧の終わりである。

『続猿蓑』に入れるために、江戸の沾圃の句を立句に支考、素牛と三吟歌仙をまく。

猿蓑に漏れたる露の松露かな　沾圃
日は寒けれど静かなる岡

この頃、支考とも語って『続猿蓑』の編集を終える。

九月八日編集作業も終え、支考、素牛、次郎兵衛、実家の又右衛門（半残）に付きそはれて、伊賀から奈良を経て大阪へ向う。笠置と加茂間は川舟に乗り、奈良に一泊した。

芭蕉は夏の間に又一段と痩せが目立ち、体力も落ちたように見えるので、実家の人々も心配していた。次郎兵衛も道不案内でもあり、心細い面持ちなので、半残も奈良まで同行した。

ぴいと鳴く尻声悲し夜の鹿
菊の香や奈良には古き仏達
菊に出て奈良と難波は宵月夜

大阪では洒堂の家を宿とする。

去来に『続猿蓑』が仕上がったこと、版下清書人についてなどの相談や金子二分の借用の申し込み、藤堂家への牡丹献上の礼などを述べている。

九月十日は晩方から発熱、寒気、頭痛などが起こり、同じ症状が二十日ごろまで毎晩繰り返しておそってくる。だがこの間も、芭蕉は歌会に出席し、来訪者に会い、手紙をしたためる。

十三日畦止亭での七吟の歌会を体調が悪く翌日に延ばして行い、十九日は其柳亭で八吟の歌仙、二十一日車庸亭で七吟の半歌仙を行い一宿する。

秋の夜を打ち崩したる話かな
月待つほどは蒲団身に巻く　車庸

二十三日には半左衛門に大阪までの道中や、発病の様子などを伝え、やっと良くなったので、二、三日中に伊勢へ向うと伝えた。又猿雖、土芳連名宛にも、伊賀での発疹からの病気が再発など病の様子と、二人の句にかるみが現れてきたなどと批評している。

二十五日正秀に

……秋も名残にまかりなり、漸うよう紙子もらう時節になり候えども、いまだ紙子はもらはず時雨は催し候。……

……洒堂が、予が枕元にていびきをかき候を

床に来て鼾に入るやきりぎりす

又同日、曲水にも大阪への道中や、病気の件などを伝え、伊勢へ向うがその後は不定であることを伝えた。

二十六日大阪で泥足予定の選集「其便」のため十吟の半歌仙を行う。

支考、遊刀、之道、車庸、洒堂、畦止、素牛、其柳、芭蕉、泥足である、

この道や行く人なしに秋の暮

この秋は何で年寄る雲に鳥

二十七日、園女亭に招かれ九吟歌仙。之道、一有、舎羅、何中、支考、素牛、洒堂が加わる。

白菊の目に立ててみる塵もなし

紅葉に水を流す朝つき

二十八日、畦止亭にて洒堂、素牛、支考、泥足、之道らと七種の恋を題に即興句を作る。

月下に児を送る

月澄むや狐こはがる児の供

又この日、翌二十九日予定の芝柏亭の俳諧の発句として、

秋深き隣は何をする人ぞ

をあらかじめ送った。

このように、少し快復するとつづけさまに歌会に出席した。芭蕉は次郎兵衛の為にも多く

の歌会に出席し、人々との交遊を広げようとつとめ、又、洒堂、支考なども俳席を重ねようとしたものであろう。

この夜から、下痢を催して床に伏し、日を追って容態が悪化する。

十月五日、之道方より、南御堂前の静かな貸し座敷に病床を移動する。又膳所、大津、伊勢、名古屋、伊賀などの各地の門人に急が知らせられる。この時看護していたのは、支考、素牛、之道、舎羅、呑舟、次郎兵衛であった。

十月六日はやや持ち直して、起き上がり、景色などを見た。

七日、正秀、去来、乙州、木節、丈草、李由、などがはせ参じた。

八日、呑舟に墨をすらせ、一句を筆記させる。

病中吟

旅に病んで夢は枯れ野をかけ廻る

芭蕉は細く目をあけたまま、なおかけめぐる夢心としようかと小さい声で繰り返した。又これさえも妄執であり、今はそれも捨て果てようともつぶやいた。
九日、支考、去来等に語りかけ
〈大井川浪に塵なし夏の月〉の句を園女亭での句に紛らわしいとして、〈清滝や浪に散りこむ青松葉〉と改作する。

十日、暮れ方より高熱が出て様態が急変する。

夜になり、去来を呼び、談話後、支考に遺書三通を代筆させた。

兄半左衛門に自筆で遺書を書く。


お先に立ち候段、残念に思し召さるべく候……ここに到って申し上ぐること御座なく候……


そのあと二通は支考に書かせた。

残された書き物、発句、書物などを人々に託し、杉風など江戸の人々へ、寿貞らの世話への礼などの挨拶を書き残した。

十一日から食事をやめ、不浄を清め、香を焚いて伏した。

この日、上方旅行中であった其角が大阪で急を聞き駆けつける。

其角は病床であることも忘れ、病間に駆け込んだ。香の薫りがはっと胸を衝いた。

「間に合いましたぞ。其角さん」

「神仏の御加護であろう」と誰かが言うのが聞こえた。

「其角が参りましたぞ」と其角は叫んだ。

その時芭蕉の目がうっすらと開き、確かに自分を認め微笑んだと其角は思った。

次の瞬間あふれる涙が両眼を覆い、其角は視野を見失った。助け起こされながら、もう一度芭蕉を見た時、その目は閉じられていた。

其角は人々の隅にひっそりと座り、自分を見つめる次郎兵衛の瞳をはっきりと認めた。

この夜看護の人々に夜伽の句を作らせ丈草の句を誉める。

うずくまる薬の下の寒さかな　　丈草

元禄七年、十月十二日申の刻（午後四時頃）五十歳にて没する。

遺言により、義仲寺に納めるため淀川の川舟に乗せて伏見まで登る。

付き添ったのは去来、其角、乙州、支考、丈草、素牛、正秀、木節、呑舟、次郎兵衛の十人であった。翌日昼過ぎ義仲寺に運び入れる。智月と乙州の妻が浄衣を縫った。

十四日午後十二時ごろ境内に埋葬する。

門人焼香者八十人、会葬者三百余人。

伊賀の土芳、卓袋らは大阪から回り道して一六日に到着した。遺品を改め伊賀の兄のもとへ送る。

杖、笠、頭陀は義仲寺に奉納する。

二十五日、義仲寺に無縫塔が建立される。

二十六日、正秀宅で遺言状を封じ、次郎兵衛に持たせ江戸へ下らせることとし、先ず次郎兵衛は素牛に伴われて伊賀の兄の下へと立っていった。

芭蕉生前の物語はここで終わる。

(5)

周辺の人々のその後を少したどってみよう。

其角はそのまま京にとどまり、芭蕉翁終焉記をしるした。

追悼の百韻、十月十八日、義仲寺にて四十三人の興行

なきがらを笠に隠すや枯尾花　其角
温石さめて皆氷る声　支考
行灯の外より知らぬ海山に　丈草
…………
青天にちりうく花のかうはしく　去来

巣に生たちて千里鶯　　正秀

亡師の終焉を悼みて作れる句、初七日まで

忘れ得ぬ空も十夜の泪かな　　去来
耳にある声のはつれや夕時雨　　土芳
悲しさも云ちらしたる時雨かな　　卓袋

十六日、其角を幻住庵に訪いて

木からしや何を力にふく事そ　　曲水

以上四十四句

二十七日、廟参の悼句

雪はれて徳の光やかかみ山　　岩翁
朝霜や夜着にちちみしそれもみす　　如行

以上二十五句

三七日伊賀連衆追悼句

時雨るるやおくへもゆかす筆なやみ　玄虎
芭蕉芭蕉枯れ葉に袖のしくれ哉　風麦
茶のからの霜や泪のその一つ　式之
なにわの飛脚粟津よりかえりて亡師の遺書まいれり
夢なれや活たる文字の村鵆　半残

以上四十七句

十月二十五日
桃隣と共に江戸を出た嵐雪が十一月七日義仲寺の墓に詣での一句と前文

この下にかくねむるらん雪仏　嵐雪

十月二十二日夜江戸での歌仙

十月をゆめかとばかりさくら花　嵐雪
しくれのなかに一筋の香　氷花

…………

散る花も翁について廻るらん　東潮

山吹もらふ顔ぞわすれね　嵐雪妻

…………

このたびはまいりあはつの墓の花　専述

無常の鐘のかすむささ波　縁子

嵐雪一門の歌仙である。

満座追善各焼香

なき人のながめも四季の終わり哉　百里

見納めの顔はいつ頃雪の頃　氷花

以上十句

十月二十二日　江戸桃隣等の歌仙

俤やなにわを霜のふみおさめ　桃隣

淡くかげろふ冬の日の影　子珊
一面に起きふす小松風やみて　杉風
…………
見開けばをのつからなる花微笑　濁子
香をむすんで朝かすみ立つ　滄波

門人の悼句

うらむべき便りもなしや神無月　杉風
むせぶとも芦の枯れ葉の燃えしさり　曾良
告てきて死顔ゆかし冬の山　露沾
五十二年ゆめ一時のしぐれ哉　ちり

以上四十六句

十月二十三日追善の歌仙

亦たそやああこの道の木葉掻　湖春

一羽さびしき霜の朝鳥　素堂

……………

袖に今師の好かれたる花の枝　桃隣

雲優美なる春の夕昏　利合

十月二三日其角亭にての歌仙

今はくも雪のはせをの光哉　仙化

かへらぬ水に寝て並ぶ鴨　是吉

……………

常にえむ連衆拈花の花に寄せ　沾徳

垣せぬ桃を人の敬い　湖月

門人の悼句

旅の旅ついに宗祇の時雨哉　素堂

落葉見し人や落葉の底の人　沾徳

月雪に仮の庵や七所　桃隣

以上三十一句

十一月十二日初月忌、丸山阿弥陀亭百韻興行

泣中に寒菊ひとり耐えたり　嵐雪

向上体を雪の明けぼの　桃隣

……………

外しらぬ琴を悲しむ花の前　桃隣

草芳しき信の交わり　横几

追加として、義仲寺六七日歌仙

花鳥にせかまれ尽くす冬木立　素牛

薬の紙の霜にしおるる　正秀

……………

こっそりと散りて仕廻し花の跡　曲水

むくむくあくる芝のかけろふ　昌房

訃音の吟

肩うちし手こころに泣くこたつ哉　竹戸

この悔いや臍の緒切てけさの霜　刑口

以上十九句

霜月十六日義仲寺興行　桃隣、智月、正秀らの三句までを記した。

この年『枯尾華』と題して発刊されたもの、版下は其角筆。一門挙げての追悼集である。

其角は江戸で俳諧宗匠として活動し、元禄九年ごろまでに結婚、子の誕生、早世などがあり、『末若葉』『三上吟』『蕉尾琴』を著し、宝永四年の没後『類柑子』『五元集』に門人が遺稿をおさめている。

『末若葉』には芭蕉三回忌追善歌仙などが含まれる。

しぐるるやここも舟路を墓参り　其角

『三上吟』は芭蕉七回忌追善集である。

七とせとしらずやひとり小夜しぐれ　其角

其角は、元禄十年秋に移った新居を翌十一年二月十日の火災で失い、貞享元年の上京以来、一日も欠かさずつけていた日記、手紙類などを皆焼失してしまった。芭蕉その他からの貴重なものがあったであろう。

その後、門人等の下に残った句文などを集めた書が『蕉尾琴』である。

芭蕉他共通する知友の俳諧、動静なども知られる。

又元禄十六年丈草あて其角書簡に、義仲寺における芭蕉顕彰の営みへの金銀寄金への怒りの文章がある。丈草へ寄せられたものに対しての丈草の疑問に同心したものであろう。

……惟然（素牛）や義仲寺を俳賊と罵り、翁の名を売り食いと相見え候。天地の怒りを吐き……などと述べ……行脚餓死が翁の本心……

と述べている。

其角が芭蕉を師とする根本はここにあった。

嵐雪も宗匠として活動し、一門を率いるが、宝永四（一七〇七）年、其角は二月、嵐雪十月に没する。其角四七歳、嵐雪五四歳である。

去来、許六は互いの書簡などによって、後の交遊も知られる。許六は後ハンセン病になったことが知られ、去来、李由など俳諧の友とのかわらぬ交わりが伝えられる。

凡兆は、許されて後、丈草との書簡が伝えられている。

又元禄十四年発刊の『荒小田』に発句三十四句が載せられ、正徳四年ごろ没したと思われる。

支考は、宗匠として活動し、長命でもあったが、偽名を用いて死を装うなどし、芭蕉門人からの批判も多かった。やはり長命の越人との論争が残っている。

去来は、芭蕉のおしえを『去来抄』などに著すが発刊は宝永元年の没後である。

土芳もやはり芭蕉の俳諧論『三冊子』を綴るが、これも享保十五年の没後、七十年ほど経て刊行された。

曾良の奥州の『旅日記、俳諧書留』が発見されたのは昭和になってからである。曾良は宝永七（一七一〇）年幕府の巡国史に加わり壱岐で没した。

洒堂は、芭蕉発病の責めを感じたのであろうか、俳諧と以後関わらなかったようであるが、野坡との書簡が残っている。

素堂は元禄九年、笛吹川水害の改修工事のため藩に呼び戻されて、工事を完成させた。

芭蕉とはこのような治水面での知識、経験の交流があったとも考えられる。

曲水は享保二（一七一七）年、奸臣を切って切腹する。家は没収され、長子も切腹した。

杉風は長寿に恵まれ、芭蕉の遺品をその家に伝えた。

園女は、一有亡き後江戸へ出て目医者として働き、其角との歌会などへも出席している。

見出されていない記録の中でも、最も不明なものは芭蕉の遺された直近の遺族、次郎兵衛、おまさ、おふうのその後である。

かすかに縁を思わせるものは、芭蕉七回忌の歌仙などを載せた『三上吟』中の一句である。

枯れ尾花のあらましにて門人をしのび侍り

次郎兵衛は何あきないを恵比寿講　　横几

江戸で町場に育った次郎兵衛は町人として市世に暮らしたかもしれない。が、桃印、寿貞の病が彼等にも降りかかったかという恐れは消えない。いずれにしても、歴史の中に彼らの姿は消え去ってしまった。

俳諧が江戸時代、次の画期になるのは蕪村によってである。

蕪村は夜半亭巴人をついで、夜半亭を名乗った。巴人は其角の門人であった。

……俳諧この後千変万化すとも、誠の俳諧はみな師の俳諧なりとぞ教えたまいき……と記された『三冊子』。

まことの俳諧は其角門を通じて伝わったといえるのではなかろうか。

が、これは又おのずと異なる物語である。

あとがき

この作品は、日本民主主義文学会東葛支部の支部誌『東葛民主文学』に、二〇〇三年から二〇〇九年まで七回にわたって書きついだものです。

二〇〇二年頃、『奥の細道』に感動した友人から、「話を聞きたい」といわれ、「とても無理」と断ったのに許されず、あれこれ調べているうちに興味、関心が深まり、それを解決する方法として書き始めた作品でしたが、仕上げるのにほぼ十年の時間がたってしまいました。

作品は支部誌の発行に合わせ、調べたり考えたりする時間をとりながら、年々書きついだものですので、それを一つにまとめるには一貫性が保たれているかの不安がありました。が、書きはじめのときに浮かんでいた全体の構想と最後の部分には大きく変更する必要も感じなかったため、ほぼはじめの構想どおりに進められたように思います。

芭蕉の生きた時代、その周囲の人びととの関わり、芭蕉自身の人生の全体のなかで作品を理解し、その変貌、深まりをも見つめたいと願ったものです。ともかくも完結したことは、著者にとっては望外の喜びです。

この長い期間、浅利正様はじめ支部の皆様にはさまざまな励まし、助言をいただき、書きつづけることが出来ました。ありがとうございました。

この間には思いがけぬ出来事もありました。

前著『子守唄にかえて』に、模写でしたが二つのカットを提供してくれた四女直子が、二〇〇七年から病気療養しておりましたところ、作品完成後、出版を待つ段階のこの五月に亡くなってしまいました。今さらの悔恨の思いをかさねながら、少し短かったのですが三十四年の思い出に感謝し、本書を捧げます。

また、さまざまの場面で支えていただいた友人たち、家族にはお礼の言葉もありません。出版にさいし、新船海三郎様、本の泉社にはさまざまご配慮いただき、心から感謝申しあげます。

二〇一〇年七月

著者

【参考文献】

『宝井其角全集』全4巻（石川八郎、今泉準一、鈴木勝忠、波平八郎、古相正美　勉誠社）
『新芭蕉講座』全9巻（江原退蔵、加藤楸邨、矢島房利　三省堂）
『西鶴俳諧集』（乾裕幸　桜楓社）
『近世俳諧史の基層』（鈴木勝忠　名古屋大学出版会）
『其角と芭蕉と』（今泉準一　春秋社）
『芭蕉の俳諧』上下（暉峻康隆　中公新書）
『芭蕉俳句集』（中村俊定校注　岩波文庫）
『芭蕉連句集』（中村俊定、萩原恭男校注　岩波文庫）
『芭蕉七部集』（中村俊定校注　岩波文庫）
『芭蕉書簡集』（萩原泰男校注　岩波文庫）
『おくのほそ道　附現代語訳　曽良随行日記』（江原退蔵、尾形仂訳注　角川文庫）
『西鶴大矢数注釈索引』（小林武彦　勉誠社）
『芭蕉年譜大成』（今栄蔵　角川書店）
『芭蕉の真贋』（田中善信　ぺりかん社）
『芭蕉転生の軌跡』（田中善信　若草書房）
『悪党芭蕉』（嵐山光三郎　新潮社）

串部万里子（くしべ　まりこ）
一九四一年東京に生まれる。
早稲田大学第一文学部国文学科卒。
日本民主主義文学会東葛支部。
著書に詩と小説の作品集『子守唄にかえて』（青磁社）。

夢《ゆめ》は枯《か》れ野《の》を
——芭蕉《ばしょう》とその門人《もんじん》たち

二〇一〇年九月五日　第一版発行

著　者　串部万里子
発行者　比留川洋
発行所　本の泉社
〒113-0033
東京都文京区本郷二-二五-六
Tel 03（5800）8494
FAX 03（5800）5353
印刷　（株）エーヴィスシステムズ
製本　難波製本株式会社

ISBN 978-4-7807-0634-5 C0095　Printed in Japan